狼

Spring Log Ⅵ

支倉凍砂
Isuna Hasekura

Illustration
文倉 十
Jyuu Ayakura

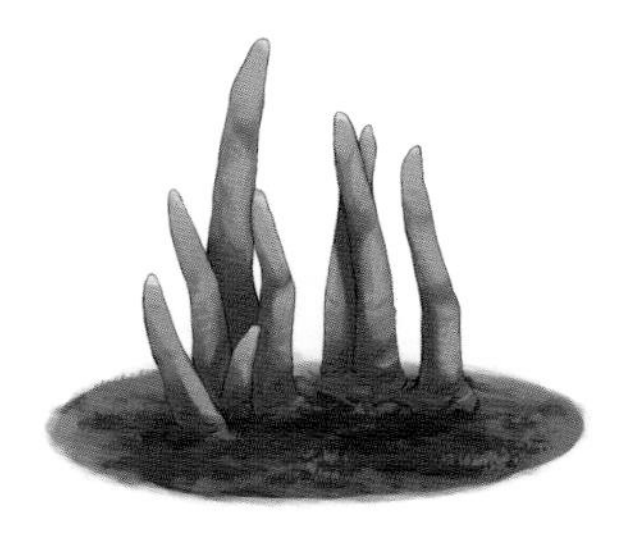

湯屋『狼と香辛料亭』の主人
ロレンス
湯屋『狼と香辛料亭』の女将
賢狼ホロ

狼と宝石の海

「スルト！　なぜ私を村に置いていくような真似を！」

「ラーデン様、なぜここに……」

スルトがそんなことを言うと、

暴れるラーデンの脇からひょいと顔を見せた少年がいた。

ヴァラン司教領領主

ラーデン

狼と実りの夏
「こないだ雨が降ったじゃろ。
山の中は茸がよく実っておるはずじゃ」

賢狼と行商人の娘
ミューリ
「兄様！　父様！　早くー！」

呪われた山に住む栗鼠の化身
ターニャ

狼と夜明けの色

「では、また」
エルサは短く言って、
南に続く街道を歩いて行った。

サロニアの祭りが終わって二日経ち、
いやいやながら冬に向けて日常を取り戻そうかという気配が
町に満ち始めていた朝のこと。

敬虔な女司祭
エルサ

Contents

Designed by Hirokazu Watanabe(2725 inc.)

狼と香辛料XXIII
Spring Log VI

MAPイラスト／出光秀匡

狼と宝石の海

鳥になってその町を空から見下ろせば、黄金色と茶色の絨毯にぽこぽこ茸が群生しているように見えるだろう。内陸の交易で栄えるサロニアは、おおむねそんな町だった。

かつては近隣の農村が産品を持ち寄って交換していただけの空き地に、ある日放浪の聖職者が現れて庵を構えた。近くに教会がなかったため人々が足しげく通うようになり、それを目当てに商人が現れ、市が立ち、宿ができ、道が作られて町となった。

今では年に二回の大市が有名で、今年の秋の大市も大変な賑わいを見せていた。

しかし、一見盛況な大市はその実、大きな問題を抱えて軋みを上げ、牢に放り込まれる者まで出る始末だった。

町の人々が困りあぐねていたところ、その問題はとある旅人によってたちまちのうちに解決された。その手際があまりに魔法じみていたので、町の年代記に記されることとなったほど。

人心荒むサロニアに、風変わりな一組の旅の夫婦が現れた……という一文から、その年代記は始まっている。

夫は一介の元行商人だと名乗るが、サロニアに来る前には呪われた山と呼ばれる土地の謎を解明し、デバウ商会に高値で売ってみせたという。その凄腕の元行商人は、この地サロニアで町中の人々が抱えていた借金を、銅貨一枚も使わずに消してしまったのである。

だがそんな希代の慧眼の持ち主も、幼な妻には頭が上がらない様子で、サロニアの町ではたびたび手綱を握られている様子が目撃されていた。

いや、実はその奥方こそ商いの知識を授けているのでは、と囁かれるようになったのは間もなくのこと。それも奥方はずいぶん若く見えるのに、妙な迫力があったせいだろう。

亜麻色の髪に赤みがかった琥珀色の瞳。古風なしゃべり方をする、老獪にして可憐な少女。酒の飲みっぷりも豪快で、挑戦した町の男どもが軒並み音を上げる始末というのだから、件の元行商人が丸め込まれるのもむべなるかな。

そんな二人は秋の始まりに町にやってきて、サロニアの問題を鮮やかに解決してみせると、しばしの旅情をサロニアで楽しんだ。神の御加護がありますように——。

と、町の年代記の下書きを読み終えたホロの鼻が、得意げにぷくりと膨らんでいた。

隣で同様に文字を追っていたロレンスは、苦笑交じりに言うほかない。

「なんで俺よりお前のほうが文字を割かれてるんだ」

「わっちゃあ賢狼ホロじゃからな。この書き手はよくわかっておる」

見た目こそ年若い少女のようなホロであるが、その実は頭に三角の大きな獣の耳、腰からはふさふさの尻尾を生やした、御年数百歳にもなろうかという狼の化身だった。

かつては神と呼ばれたような存在なので、確かに一介の湯屋の主人であるロレンスが張り合える存在ではないが、得意げにしている様は少女そのものだ。

ホロは日々の出来事をせっせと日記に記すことを趣味としているが、やはり自分で記録するのと他人に記録されるのとでは大違いらしい。

「これは絵にならぬかのう？」

港町アティフの壁画の件で、味をしめたらしい。

「お前は絵にも描けない美しさだから」

ホロは喜びかけたが、誤魔化されたと気がついて唇を尖らせる。

ふたりは静かに睨み合い、やがてどちらからともなく笑い合う。

「下書きを返しに行くついでに、飯でも食べるか」

「んむ、たまには魚も食いたいのう」

これもアティフで新鮮な魚の美味さを知ってしまったせいだ。

ロレンスは財布の重さを確かめたかったが、ホロが手を伸ばしてくるのに気がついた。

その手を摑むと、ホロはにこりと屈託なく笑う。

笑顔を見せられたらもう負けだ。

年代記どおりだなとロレンスは胸中で笑い、二人そろって宿の部屋から出たのだった。


ロレンスとホロが年代記の下書きを返しに教会に向かうと、ちょうど昼の礼拝が終わったところのようで、ぞろぞろと人々が出てきていた。何人かの商人はロレンスに気がつき、帽子を軽く取って挨拶していく。すっかり有名人になってしまったと面映ゆい気持ちでいれば、その横ではホロが胸を張っていた。

　このたわけを一人前にしたのはこのわっち、とでも言いたいのだろう。

「あら、ロレンスさん」

「こんにちは。エルサさん」

　教会に入れば、聖典を重そうに抱えたひっつめ髪の女司祭と出くわした。

　ホロと出会ってすぐの頃、ホロの故郷を探す旅路で知り合った古い知己だ。

　ホロとの結婚では立ち合いも務めてもらった人物で、エルサのぱきぱきとした性格も相まって、ロレンスなどはホロに次いで頭の上がらない人だった。

「年代記の下書きを返しに来ました。読んでいてややこそばゆかったですが」

「それにふさわしい仕事をされたということです。私は今でも信じられませんよ」

　人々の借金を、銅貨一枚使わずに消してみせる。言葉だけで聞くと確かに魔法だが、ひとつずつ解いていけば、それほどおかしなことでもない。

　ロレンスが年代記の下書きが書かれた紙束を渡すと、エルサはそこにまだ秘密が残されているかのように、丁寧に受け取っていた。

「エルサさんなどは、その後のほうが大変だったのでは？」

　ロレンスが人々の借金を消してみせると、当然、同様の方法でほかの人たちの借金も消せるのではないかということになった。しかし話題は借金というやや後ろ暗いことでもあったし、人同士の繋がりの連鎖を解きほぐす作業であったので、サロニアの教会が中心となって処理をした。そういう時に頼られるのは、数字と文字に強く、同時に信仰心もあるエルサだった。

「三日ほど気合を入れたら片付きましたよ。大したことではありません」

凛とした蜂蜜色の瞳は、強がりを言っているようにすら見えない。

さすがです、と頭を下げれば、エルサは「そうそう」と言葉を継いだ。

「今朝がたの荷馬車で、面白い物が届いたんです。あなたたちに渡そうと思って」

そんなエルサの言葉に、後ろであくびをしていたホロも興味を引かれていたが、エルサが差し出したのは、分厚い聖典と一緒に抱えていた冊子だった。

「薄明の枢機卿様による、聖典の俗語翻訳の抄訳です。大変すばらしい訳だと思います」

薄明の枢機卿様、という言葉だけは、珍しく悪戯っぽく。

それに面白い物と言って聖典にまつわる冊子を取り出してくるのは、なにもエルサが信仰にすべてを捧げる女聖職者だからというわけではない。

その薄明の枢機卿とは、ロレンスのとてもよく知る青年コルの、世に知られた二つ名なのだ。

エルサなどはそのコルが子供の頃、食事の礼儀作法から仕込んだいわば師の一人であり、あのコルが立派になってという感慨と、ちょっとしたおかしみがあるのだろう。

ロレンスにとっても、かつて旅の途上で拾った少年がいまや立派な人物として世に聞こえているのを見れば、誇らしい一方で、男としては若干悔しいようでもある。

様々な感情の去来を楽しみながら冊子を受け取ると、ホロが隣から顔を差し込むように鼻を鳴らして匂いを嗅いでいた。

「なんじゃ、あやつらからの手紙というわけではないのかや」

「ええ。お二人がどこにいるのかは、町に出入りしている商人の方々にも聞いてもらっていますが……あの町で見たとか、この地方で悪徳教会と戦っているとか、いやいや聖者の山に信仰問答をしに行っただとか、どうもみんなが好き勝手に語る伝説上の人物みたいになっているようで。有名になりすぎるのも善し悪しですね」

温泉郷ニョッヒラを、己の夢と信仰のために飛び出した青年コル。

たちまちこの世に大きな波紋を投げかける大冒険に身を投じたようだが、ロレンスにはコルが今どこでなにをしているのかを知りたい、非常に強い動機があった。

「便りがないのは良い便りじゃ。それにこんなものが出回っておるということは、どうせまたぞろ、玉ねぎをかじって眠気をこらえながら部屋に籠もっておるんじゃろう」

ホロは冊子を手に取って、ぺらぺらと振ってみせる。

「その隣でつまらなそうにしておるたわけの様子も目に浮かばぬかや?」

ホロの意地悪そうな笑みに、ロレンスは唇を尖らせる。

そんな様子を前に、エルサがちょっと笑って言った。

「聖女ミューリ、と評判ですよ。いつも笑顔を絶やさない、太陽のような慈悲をもたらすのだ

とか」

ロレンスはその言葉に、喜ぶやらげんなりするやらだった。

二人の動向が気になるのは、コルのことを息子同然に思っているのもあるが、最大の原因はコルにくっついて旅に出てしまった一人娘ミューリにあった。

旅に出てしばらくは手紙がちょくちょくきたが、やがてその間隔が開き始め、ここのところは滞っていた。二人の身になにかあったのでは、という心配は、二重の意味を伴っている。

旅の途中になにか困難に見舞われたのではないだろうかという懸念。

それから、血の繋がりがないとはいえ、兄と妹であったはずの二人の関係に、大きな転機があったのではないかという懸念だ。

「このたわけは全く諦めが悪い」

「うちは男ばかり三人ですが、遠くの町でお嫁さんと暮らすと言われたら、確かに寂しい気がします」

「そういうものかのう。旅で立ち寄る先ができるし、その土地の美味い物を寄こさせることもできるじゃろ」

「それはあるかもしれませんね」

謹厳実直なエルサと、年経た狼らしく大雑把なところのあるホロは、ちょくちょく意見の対立を見ているが、この辺りでは話が合うらしい。

「ほれ、ぬしよ。さっさと正気を取り戻してくりゃれ。わっちには町の大市を締めくくる、祭りの準備という大役があるからのう」

背中を冊子で叩かれてしまう。

「準備って……酒が飲みたいだけだろうが」

「たわけ。わっち以上に酒を飲める奴がこの町にはおらんのじゃからな。責任をもって、祭りで振る舞われる酒を選ばなければならぬ」

こういう時に節制を説いてくれるエルサも、確かに祭りの準備の一環なので、小言は諦めたらしい。

「毎年どこの蔵のものにするかで揉めるらしいので、ホロさんに決めてもらえるならその点は助かっているようですが」

「ほれ、ぬしよ」

ふふんと顎を上げるホロに、ロレンスはエルサと一緒にため息しかない。

「いつもの葡萄酒じゃない。麦の蒸留酒なんだから、飲みすぎるなよ」

「たわけ。いつわっちが飲みすぎたと言うんじゃ？」

教会でこれだけ堂々と言えるのだから、ロレンスとエルサの小言など届くはずもない。

「つまみはなにがいいかのう。咳き込むくらい煙を利かした干し肉か……はたまた蜂蜜菓子などというのも、案外捨てがたいんじゃ」

うきうきしているのが、服の下で落ち着かない尻尾からも窺える。

「ほれぬしよ」

「はいはい。それではエルサさん」

「また後ほど」

ホロに手を引かれるロレンスに、エルサは呆れたような、それでいて少し羨ましそうな苦笑いを浮かべていた。

それから数刻後。

ロレンスはご機嫌な様子で酔いつぶれたホロを背中に担ぎ、宿に戻ったのだった。

サロニアの町は春と秋に大市が立ち、近隣のみならず、遠方からも商人やらがやってくる。さらに秋の大市の終わりには、収穫の感謝と来年の豊穣を祈る大きな祭りが開かれることになっていた。

かつては行商人だったロレンスは、もちろん様々な土地の祭りに参加してきたが、その時は祭りの浮かれた空気に便乗し、いかに商品を高く売るかに腐心していて、ろくに楽しんだことがなかった。いつも足元を見て、一歩でも多く歩き、他の商人より寸刻でも早く次の町に行くことを考えているような生活だった。

そんな忙しない旅の速度を落としたのは、ホロと一緒になってからのこと。

そうすることで初めて気がついた景色や、空気の匂いというものがある。

祭りの準備もそのひとつで、町の人々にとって、実はそっちのほうが楽しみなのだと知ったのは、ホロの手を握ってからのことだ。

「ここはいろんな麦が集まって良いところじゃのう」

二日酔いがようやく収まった夕方頃、宿泊している宿の軒先に並べられたテーブルに座ったホロは、性懲りもなく酒を手にしながらそんなことを言った。

とはいえ薄い果実酒を舐めるように飲んでいるので、反省はしているらしい。

「町の人たちも借金がなくなって身軽になったのか、こっちの商いも順調だった」

「ほう。あの荷馬車に積んである臭い物が売れたのかや」

せっかく町で有名になったのだから、その名声を使わない手はない。ニョッヒラから旅に出る際、山ほど持ってきた硫黄の粉を半分ほど売りつけることができた。お祭りの陽気に乗って、穴を掘って湯を張って即席の温泉を作ろうかなんていう話も出ていたので、もう少し売れるかもしれない、とロレンスはもくろんでいる。

「言うことなしじゃな」

ホロはそう言って、目を閉じると夕方の少し冷たい風に前髪を遊ばせ、気持ち良さそうにしていた。

日が暮れるまでにはもう少しあるし、祭りが近いと日が暮れても町は寝静まらない。昼間たっぷり寝ていたホロがまた深酒しなければいいがと思っていたら、宿の主人が食べ物や温かいスープを持ってきてくれた。

「ふむ、酒を少々多めに飲んだ後は、これがたまらぬ」

そんなことを言って、茸と野菜を一緒に煮たスープを美味そうに啜っている。

「とはいえ、ひとつだけ心残りがありんす」

「ん？」

スープの入った椀を置いたホロは、ひょろひょろの鰯を炙ったものを手に取り、頭からかじる。

「鰊でないだけましじゃがのう。本当ならこの町には、美味い川魚が並んでおるらしいんじゃ」

海に剣を突き立てれば、それだけで何匹も取れると言われるほど溢れている鰊は、どんな内陸部に行っても必ず食卓に上る。しかも安いので冬の間はそればかり、ということにもなって、食にうるさいホロでなくても顔をしかめてしまう。

対して川の魚は、川が黒々となるほどの魚影などまず望めず、保存のための塩が採れる海からは離れていることも多く、広く流通することがない。その土地の美味い川魚は、その土地でしか食べられないことがほとんどだ。

「町の側の川を見てみたが、あまりそんな感じはなかったけどな。それに、海からどれだけ離れても逃れられない月と鰊、なんてよく言ったもんだろ。まあ、これは鰯だが」

ロレンスも鰯をかじると、心地よい苦みが口に広がった。

もう少し炙ってあると好みだな、などと思っていたら、ホロが肩をすくめた。

「ほれ、宿の部屋から遠くを見ると、かすんだ山が見えるじゃろ？」

「ん？　ああ」

苦みが癖になって三匹目に手を出したところを、ホロに手を叩かれた。

「わっちらが通ってきた山とはまた別のところで、そこに伝説の池があるらしいんじゃ」

「伝説の」

適当に相槌を打ちながら、ロレンスは主人に向けて鰯が載っていた皿を振った。

「そこの鱒が絶品らしいんじゃが、今年に限って店には一尾も並んでおらぬというんじゃ」

「へえ」

鱒なら木の葉で包み、茸とたっぷりのバターで焼いたりするのもいいな、とロレンスは湯屋の主人らしく、献立を考えたりしてしまう。

「どうもその池で特別に育てておった魚らしくて、魚の病が流行ってしまったんじゃと」

「池の養殖かあ。川のいけすと違って、難しいんだよな。ニョッヒラでもたびたび試みられたらしいが、あまりうまくいってないみたいだ」

「おかげで鰊か鰯ばかりじゃ」

ホロは文句を言いつつも、ロレンスが確保していた鰯をバリバリ食べてしまう。

もちろん肥えた鱒のほうが、麦酒によく合うだろう。

それに、商いに携わる身として思うこともある。

「きっと祭りの時期に合わせて育てていたろうに、気の毒な」

山の中の養殖池なら、近隣の者たちにとっては重要な収入源のひとつに違いない。病が流行った池に新しく魚を入れるのも躊躇うだろうし、困難が続くのが目に見える。

そんなことを思っていたら、ホロの視線がふとなにかに引き寄せられるように、一点を向いた。ロレンスもそちらを見ると、こちらに小さく手を振ってみせるエルサがいた。

「なにか用かや」

ホロの言葉にやや棘があるのは、宴席にエルサとなれば、小言がおまけでついてくるからだ。祭りで供される酒の選定の後、結局酔いつぶれた話はエルサの耳にも入っているだろう。

「あなたに節制を説くのも、神の僕たる私の役目ではありますが」

エルサは呆れ交じりにそう言いつつ、視線をロレンスに向けてきた。

「用があるのはロレンスさんにです。お願いがありまして」

「私に？」

そこにちょうど主人が炙った鰯の追加を持ってきて、ホロが手を伸ばしたのはその炙り立ての鰯と、ロレンスの首根っこだった。

「これはわっちのものでありんす。こき使うからには、なにか見返りが必要じゃのう」

年代記にも書かれてしまったので、ロレンスは抗弁しない。頭から食われる鰯のように、身を細くして肩をすくめた。

「あなたにも見返りがありますよ」

「ふむ？」

「美味しい鱒を食べたくありませんか？」

噂をすれば影。

ロレンスはホロと顔を見合わせてから、エルサの話を聞いたのだった。

ホロが宿屋の窓から見た山というのは、ラーデン司教領と呼ばれる土地らしかった。

エルサと共に呪われた山の謎を解決した、ヴァラン司教領のような広大なものではなく、小さな村がひとつ収まる程度のものらしい。その司教領にある山奥の小さな村は、この辺りでは珍しく川魚の養殖業を営んでいた。よく肥えた鱒が特に評判で、サロニアの近くを流れる川では泥臭い鯉くらいしか捕れないこともあり、人気商品のひとつだった。それが数年前から魚に病が見られ、今年は特にひどく、全滅してしまったとのこと。しばらくは池の水が入れ替わるのを待つほかなく、鱒がサロニアの食卓に上るのはだいぶ先のことになりそうだった。

と説明されたら、次にくるのは彼らの窮状を商いの知識で助けてはもらえまいだろうか、と予測できる。

しかし主要な養殖業がなくなったから、かわりの食い扶持を探してくれというのはなかなかに難しい話である。それが容易にできるならば自分はたちまち大商会の主なのだし……と思っていたところ、教会に向かう途中にエルサから聞かされた話は、ロレンスの予想とは似ているようで、全然違っていた。

「借金の方法を見つけて欲しい？」

主要な産業がなくなって困っているはずの村人たちなので、借金は理解できる選択肢だ。

「どこかの商会を説得しろということでしょうか。それはなかなか……」

借金は貸すほうも借りるほうも長期的な関係になる。ふらっと立ち寄った旅人が、適当なことを言うのは憚られる気がした。しかもサロニアはついこの間まで、借金の環が複雑に絡みすぎて身動きが取れなくなっていたのだ。

それをようやく解いたところなのに、とロレンスが思っていたら、エルサは首を横に振る。

「いえ、違います。村の方は、すでに商会から断られてしまって、残るは教会しかないと言っています」

「……」

すぐに言葉を返せなかったのは、エルサが不思議なことを言っているように聞こえたから。

エルサは仮にも、文字どおり仮の立場らしいが、司祭の位を賜っている。しかもこの町での騒ぎを解決した一翼を担っていたことから、司祭という立場には不釣り合いなほどの発言力を持っているはずだった。

困っている人のために手助けするのは神の望むところでもあるのだから、エルサが貸しつけたいと望めば、ここの教会を説得するのは難しいことではないのではないか。

「あるいは、彼らがお金を返せるかどうかの調査をして欲しい、ということでしょうか」

エルサはいつでも背筋をぴんと伸ばし、ひっつめた髪は一日働いた後でも乱れない。

そんなエルサが、いささか背中を丸め気味に言った。

「いえ、その点も問題ありません。養殖は何年も前から調子が悪かったのと、村の人たちが勤勉だったため、今は鹿狩りと鹿の皮から作る革ひもなどで生活は安定しているようです。ここは流通の要ですから、袋の口を縛る革ひものようなものはいくらあっても足りません。ですから、借金も本当は必要ないようです。つまり……」

と、エルサはロレンスを見た。

いつも気丈なエルサが、困り顔をしていた。

「私たちはあなたに、教会が彼らにお金を貸す方法を見つけて欲しいのです」

エルサの不安そうな顔は、異国の言葉を懸命に口にした後の少女のように見えた。

実際、自分の言ったことが通じたかどうか確信が持てなかったらしい。

「えっと、私が言ったのは、教会が――」

「いえ、わかりました。大丈夫です」

そう答えると、エルサはまだなにか言いたそうだったが、おとなしく口をつぐむ。

とはいえ、言葉は理解できたが、意味がわからない。

「村の者どもは金が欲しいんじゃろ？」

沈黙が流れたところに、ホロが言った。

「ぬしら教会は村の連中に金を貸したいんじゃろ？　天秤は釣り合っておるように思いんす」

ホロの顔がどこか面倒臭そうなのは、この当たり前の理屈が当たり前ではないらしいとわかっているからこそのもの。事情がある、というわけだ。

エルサは胸中で言葉を推敲するように、胸に手を当てて何度か深呼吸してから、言った。

「私としては、村の人たちがお金を求める理由に共感しました。ぜひ教会こそがお金を出すべきだと思います。ですが」

と、こちらを見た時には、実に申し訳なさそうだった。

「ですが、教会の貸金行為はあまり褒められたことではありません。しかも今は、教会の悪弊を糺そうという嵐が吹き荒れる中ですから」

エルサの顔がやや申し訳なさそうなのは、ロレンスたちを責めるつもりはない、という意味だろう。

　ホロなどわかりやすく顔を背けたが、それはコルとミューリが教会をゆすぶっているせいで、世の中のあちこちでもうもうと埃が舞っているからだった。

　悪弊が降り積もった教会を掃うことそのものは正しいのだろうが、いかんせん、世の中には綺麗ごとでは済まない側面がたくさんある。清貧を謳う教会が、たっぷりの寄付金で儲けている矛盾など最たるもの。

　そんなわけで、昨今は教会の金にまつわる話は非常に風当たりが強く、一見問題がなさそうなことにも疑問の目が向けられがちになっているらしい。

　そして世の中がそうなってしまった原因に、コルとミューリの存在がある、といえなくもなかった。

「とはいえ、もし正しい行為のためならば、お金を貸しても問題にならないのでは？　高利でなければ、教会法にも反しませんよね」

　咎められるべきは高利貸しであり、たとえば一晩の宿を借りたら恩を返すべし、と聖典にも書かれている。ならば金を借りたら多少の礼は神も許すところ、と神学的には解釈されていたはずだ。

「あくまで黙認です。なにかの折にやり玉に挙げられるのでは、とここの司教様は躊躇っています」

そう言われると、それも理解できる。

「特に村は窮状に陥っていないので、なおのことお金を貸すことは怪しまれると」

「貸せぬ理由はそれだとして、貸したい理由はなんなんじゃ？　ぬしの話じゃと、魚を育てておる連中は、金に困っておらぬのじゃろ？」

ホロの問いに、エルサがそちらを見る。

そして、ふと前方に視線をやったのは、教会が前方に見えたから。

「あるいは、あなたたちの新鮮な耳で話を聞いてみて、判断いただけますか」

村人たちの訴えが、お芝居並みにうまいということだろうか。

それに、エルサはホロの正体を知る長い付き合いだ。

「わっちの狼の耳を頼るのなら、よーく冷えた麦酒じゃな」

ホロの耳は人の嘘を聞き分ける。

エルサはため息交じりに肩を落とし、教会へと歩を進めたのだった。


サロニアの教会に着く頃には空は紫色に変わっていて、町のあちこちにかがり火が焚かれていた。教会も夕方の礼拝が終わり、すっかり店じまいかと思いきや、教会の扉は開け放たれたままで、数人の女性がたむろしている。

「あ、いらっしゃったよ！」

恰幅の良い女性が、ロレンスたちに気がつくや、指差して叫ぶ。するとたちまち教会の中からわさわさと人が溢れ出てくる。誰も彼もが垢抜けない感じで、町の人間ではなさそうだ。

ロレンスは戸惑い、ホロが訝しげにエルサを見る。

エルサは咳ばらいをして、声を張りあげた。

「サロニアの窮地を救ってくれた商人様をお連れしました！　道を空けてください！」

「おお、商人様！」

「あなた様が！」

「ありがたや、ありがたや」

聖者が現れたとばかりに群がってくる村人たちを、エルサは文字通り掻き分けて前に進む。

ロレンスなどは市場で殴り合いながら商品の売り買いをしていた頃のことを思い出して楽しくなるが、意外に繊細なホロは、面食らってちょっと怯えているふうですらあった。

肩を抱えるようにしてやって、エルサの後に続いて教会に入った。

教会に入ると、祭壇が置かれた身廊では、礼拝用の長椅子に男たちが思い思いの様子で座っていた。思い思いというのは喩えではなく、麦の計量をしている者もいれば、大きな鉈を研いでいる者もいる。もろ肌になって服の繕いをしている者もいるし、山羊までいた。

「ちょっと！　山羊を持ち込んではだめと言ったでしょう！　裏手に繋いできてください！」

エルサに叱られ、山羊そっくりの男は慌てて三頭の山羊を外に連れ出していく。

エルサがため息をついていると、奥の部屋に繋がる廊下から、司教が顔を見せた。

「エルサさん、こっちです」

手招きされ、ロレンスはエルサと共にそちらに向かう。さらにその後を、教会前でたむろしていた人や、身廊にいた人たちがぞろぞろついていく。

そうして広間かなにかの前に到着すると、エルサが振り向いて、言った。

「ほかの方はこちらでお待ちください」

ぴしゃりと告げられ家鴨の群れのように人々は足を止めたが、不満げにぶつぶつ言う様はまさに家鴨のよう。そこに、すらりとしたいかにも如才なさそうな司教が扉を開けてくれたので、ロレンスたちは中に入り、エルサが人々を締め出すように扉を閉じる。

それでようやく人の熱みたいなものが遮断され、ほっと一息つけた。

「なんなんじゃ、一体」

ホロがロレンスの腕の中で悪い夢でも見たかのように言うと、広間に置かれた長テーブルの椅子から立ち上がる者がいた。

「わが村の者たちがなにかご迷惑を」

生真面目そうな、小柄で白髭の老人だった。話の流れから、ラーデン司教領の村長だろうかとあたりをつける。

「大丈夫ですよ、村長様。みなさんお行儀良く過ごされていますから」

交易で栄える町の司教らしく、さらりとそう言ってのける。

「村の者たちを受け入れてくださり感謝いたします。本来はこんな人数で来るつもりはなかったのですが……」

「お気になさらず。ここは神の子羊たちであるならば、誰にとっても我が家のようなものなのです」

綺麗ごとを述べるのが司教の役目なら、実際に聖堂を掃除するのがエルサである。身廊に山羊を連れ込まれていたことを思い出したのか、エルサは頭痛をこらえるような顔をしていた。

「ところで、そちらは？」

「ああ、このお二人が、話に出ていたサロニアの窮地を救ってくださった商人さんです」

急に話題にされ、ロレンスは慌てて商人用の笑顔を見せる。

「おお、なるほど。これはこれは」

老人は律義に頭を下げ、こう名乗った。

「私はスルトと申します。ラーデン司教領の小さな村にて、村長を務めております」

「クラフト・ロレンスです。こちらは妻のホロ」

名乗り返すと、スルトは外国で故郷の知り合いに巡り合えたかのような、ほっとした顔を見せた。

「ロレンス殿のお話は聞き及んでおります。あなた様のような人物にお力を貸していただけるとのこと、感謝の言葉もありません。ありがとうございます」

どんな尾ひれがついた話を聞いているのかわからないが、曖昧に笑ってうなずいておいた。

「それで、私はどんなことにお力を貸せばいいのでしょう？」

スルトと名乗った村長は、ロレンスの予想どおり、鱒の養殖が有名な村の村長のようだ。

先ほどのエルサの話によると、エルサたち教会側としては彼らにお金を貸したいが、昨今の世情のため、教会が貸金行為を行うようなことは難しい。そのため、商人の知恵によって、彼らにお金を貸す方法を見つけてもらえないかということだった。教会に村人総出の勢いでやってきたからには、それなりの理由なのだ。

しかし、ロレンスは最初、養殖業が壊滅し村での生活が立ち行かなくなったから金を借りたいのだと思ったが、そうではないらしい。身廊にいた男たちも、身なりこそ垢抜けなかったが、町で買いつけたと思しき食べ物や、手にしていた道具は質が良さそうだった。

生活に困っているわけでもない村人たちは借金によってなにを望み、教会はなぜそれに肩入れしようと言うのか。

ロレンスの視線の先で、スルトが居住まいを正すと、こう言った。

「ラーデン様が司教になるためのお金を貸していただきたいのです」

ロレンスの頭に真っ先に浮かんだ言葉は、聖職売買、という単語なのだが、そこに司教が割って入る。

「村長様、その言い方には語弊がありますな」

そしてロレンスに向き直り、商人そっくりの笑顔を見せた。

「ま、とりあえずお座りになられては。ラーデン司教領を巡っては、繊細な事情があるのです」

怪しげな言い回しに聞こえたので、ついエルサを見てしまう。謹厳実直で、曲がったことを許さない聖職者の鑑のようなエルサだ。高位の聖職録を得るために金を用意するというのは、まさに世で批判に晒されている教会の悪しき風習なのではと視線で問いかける。

別にロレンスは潔癖な理由でそうしたのではなく、危ない橋を知らないうちに渡らされるのはごめんだからだ。

するとロレンスの視線を向けられたエルサは、予想外にしっかりとロレンスを見つめ返してきた。

「お話を聴いていただけたらと思います」

どうやらエルサの倫理観に照らしても問題ない話のようだった。

胡散臭そうな顔をしていたホロも、エルサの性格はよく知っている。意外そうに目をぱちくりとさせていた。

「……わかりました」

ロレンスはうなずき、言った。

「お聞かせ願えますか」

ロレンスとホロは、村長と名乗ったスルトの向かい側に座ったのだった。

「私たちの村がありますラーデン司教領というのは、そもそもこの地方の俗称のようなものなのです」

スルトはまずそう言った。

「山間の、実りの少ない狭い土地を切り開かれたラーデン様は、それはもうすばらしい神の教えの実践者です。私たちを導く、われわれ村人全員の父親のようなお方です。そのラーデン様の偉業にちなんで、ラーデン司教領と呼ばれているのです」

立派な髭を生やした酒場の主人が、なんとか卿と呼ばれたりするのと同じようなものなのだろう。旅をしていれば、確かにそういう俗称で呼ばれる土地がないこともなかった。

「ラーデン様は、正式な聖職録を?」

その問いには、司教が答える。

「これはサロニアに残っている記録から述べることなのですが」

司教は咳ばらいをして、妙な前置きを挟む。

「ラーデン様はおよそ四十年ほど前でしょうか。この地に存在していたらしい教会の代理として、現在の土地を当時の所有者である貴族から寄付されたそうです。ですので、聖職録を受けている聖職者、ということではありません」

この地に存在していたらしい教会、という言い回しに、ロレンスは口元がにやつきかけるのをこらえた。翻訳すると、ラーデンという人物は教会の関係者を詐称して土地の寄付を受けた可能性がある。

「ただ、ラーデン様のその行いによって、多くの人々が救われました」

ロレンスの胸中の言葉に返事をするように、司教が言った。

「四十年前と言えば、このサロニアでさえ、異教徒との戦の前線になるような頃のことです。年代記にも残っていますが、大変な混乱だったそうです。そこにラーデン様が現れ、人の住めなかった山にため池を作り、魚を増やして戦火に惑う人々を受け入れたのです。川に死体が溢れて魚が捕れなくなった時、ラーデン司教領の魚にて飢えをしのいだ、という記述もあります」

「なるほど」

なぜエルサが肩入れするのかが見えてきた。

そこに、スルトがたまらずといった感じで、言葉を挟む。

「我が家もまさに戦火で焼け出されました。私がまだ嫁をもらったばかりの若かりし頃、妻と乳飲み子を連れ、噂にすがるようにしてラーデン様の村を目指したのです。焦げた服の袖から、まだ煙が立ち上るような中、疲労困憊で村にたどり着いた時のことです。ラーデン様は編んでいた網を放り投げ、私たちを迎えてくれました。その時のことを今でも鮮明に思い出します。あの方は、神の遣わされた御仁です」

スルトは胸元の教会の紋章を握りしめ、祈るようにそう言った。

ロレンスはその様子に、ゆっくりと息を吸い、飲み込んだ。教会に村の人々が押し寄せているのは、彼らがみな、似たような境遇で、ラーデンに救われた者たちだからだろう。しかもラーデンはそれほどの善行を積みながら、正式な聖職者ではないらしく、それは村人たちにとってとても歯がゆいことなのだ、とわかってきた。彼らはラーデンに正当な評価がなされるよう、いてもたってもいられず、サロニアまでやってきたのだ。

とはいえ聖職録の取得には賄賂がつきもので、司教になるための資金を借りたいとなれば、そういうことに使う以外の方法が思いつかない。

そこはどうなっているのかと司教を見やれば、心得ています、とばかりにうなずかれた。

「司教位の授与につきましても、ラーデン様の信仰心を耳にされた教皇庁直々のことなのです。ですから、ロレンスさんが懸念されているような、賄賂……というようなことではありません」

エルサを見ると、エルサは無言でうなずきつつ、司祭を示す肩帯を指さした。エルサは結婚もし、子供もいるのに、司祭に叙された。教会が改革の機運でてんてこ舞いのため、猫の手も借りたくてエルサのような有能な人物に職位を授けている。

ラーデンに目をつけたのも、信仰で名高い人物を取り込んで人心の掌握に努めたい、というところだろう。

だとすると、わからないことがあった。

「では一体、なににお金を使われるおつもりなのでしょう？」

その問いに、スルトが大きなため息をついた。

「ラーデン様が司教様になろうとしたら、教皇庁というのがある南の国まで行かなければならず、一年からかかるという説明を受けました」

路銀や生活費？　とも思ったが、それならば町で寄付を募ったって集まる気がした。

「ラーデン様はその話を聞くと、ならば司教の話は断る、と仰ったのです。一年以上も村を空けることはできないと。村の魚の養殖が再び回復するまで、村を放っておくことなどできないと」

責任感の塊のような人物なのだろう。

ロレンスは感心しつつうなずきかけたが、ふとそれを止めた。

「えっと……ですが、村は魚だけではなく、鹿猟とそれにまつわる加工でうまくまわっていると聞きましたが」

むしろ養殖がなくてもなんとかなっているのでは。

スルトはロレンスを見て、悲しげな目をしていた。

「そのとおりです。私たちはラーデン様に助けられてばかりですから、少しでもラーデン様の負担を減らそうと、養殖場に病の兆候が表れ始める前から、懸命に魚に代わる稼ぎを探しました。そうしていると、神の御加護か山向こうのヴァラン司教領に緑が戻ったおかげで、我が村にも鹿が多く現れるようになりました。今では鹿肉と、毛皮、それに革ひもの加工で十分な生活を送れています」

ヴァラン司教領はかつて鉱山として開発され、丸裸になっていた。

しかし栗鼠の化身であるターニャによる懸命な植林で、再び緑を取り戻したという。

土地と土地を繋げてきた元行商人のロレンスは、そういう土地同士の繋がりに殊更嬉しくなる。ターニャにも知らせてやろう、と記憶に残しておく。

「ですから今回の話は、まさに神様が用意してくれたものだと思いました。ラーデン様はしばしの間村の仕事から離れ、休むことができますし、信仰の篤さが世に認められて司教になるのですから、私たちはラーデン様に是非と、この案を勧めました。しかし、私たちがいたらないせいか、魚の養殖が覚束ないうちは村を留守にできないと、断られてしまったのです」

「では、養殖復活のための資金を？」

スルトはうなずきもしないが、否定もしなかった。

「私たちが欲しいのは、ラーデン様が安心して村を離れられるくらいのお金です」

「……」

魚の養殖の復活は難しい、と思っているのだろう。むしろ池という性質上、病が流行ると一瞬ですべてが駄目になる養殖には、この先あまり頼らないほうがいいのでは、と考えている節さえあった。

ただ、彼らの動機は痛いほど理解できた。ホロの顔を窺うまでもなく、彼らは心の底から、ラーデンのことだけを考えて行動している。

エルサが手を貸すのも納得できるし、サロニアの教会としても手を貸したい理由がわかる。

その一方で、どんな名目で金を貸せばいいのかわからないというのもまた、事実だった。

本当なら町の商会から金を借りられたらいいのだろうが、ラーデンが本物の司教になるためと言われたら、どこの商会も二の足を踏むはずだ。

教会に関する周囲の目が日に日に厳しくなっている時勢が、まずは第一。

それに村の運営を左右するくらいの金額ということなのだろうから、そこでも怯むだろう。

権力者に金を貸すのはとても勇気がいることで、どんな理由で踏み倒されるかわかったものではない。特に教会関係者が顕著で、あれは寄付だったはず、とでも言われたらそれでおしまいなのだ。

そんなわけで貸し手になれるとしたら教会しかありえないが、村に金を貸した直後にその村の立役者が司教になったと記録が残れば、賄賂のための腐敗した金だったのでは、と指摘されかねない。

見た目は完全に、有罪を示している。

「いかがでしょう、ロレンスさん。私どもサロニアの教会としては、ラーデン司教領の皆様の力になりたいと思っています」

司教のそんな言葉が向けられる。

「こちらのエルサ司祭に、ロレンスさんのお力をお借りできないかと相談したところ、そこに不正がなければきっと協力いただけるだろう、とのことでした」

そしてエルサは、不正はないが問題があると見た。それは正しい見立てだ。

「不正……という点ですが、要するに、教会と村の間に直接の金の貸し借りの記録が残らなければよい、というわけですよね？」

「はい。なんだか悪いことのように聞こえてしまいますが……」

「いえいえ。自然に生えるものだからといって、髭も髪の毛も手入れしないというわけにはいかないでしょう？　帳簿も同じことです」

エルサは笑っていいものかどうかひどく困るような顔をしていたが、司教は遠慮なく笑顔になる。

「それでは、ロレンスさん」

「はい。確実に案を出せるというわけではありませんが、私の知識でよろしければ。為替証書を使えばできそうな気はします」

「おおっ」

司教が顔をほころばせ、スルトが目を見開いて立ち上がる。

「あの、あくまでも協力ですから。まだ方法を思いついたわけではありませんよ」

二人の喜びように、慌てて念を押す。

お金の流れに嘘をつかず、それでいて、村と教会が一本の線に繋がらないようにする。

そういう時に商人が用いる方法はいくつかあるが、ひとひねりが必要だろう。

「ええ、もちろんですとも。しかし町中から借金を消してみせたロレンスさんです。今回もきっとやり遂げてくれるでしょう」

司教の調子がいい言葉に、ロレンスは笑顔を引きつらせてしまう。

「早速村の者たちにもこのことを伝えませんと。皆、やきもきしておるでしょうから」

スルトはそう言って、テーブルを回り込むとロレンスの両手を強く握り、隣のホロにも頭を下げる。ただ、ロレンスはその様子に、ふと、不安を感じた。引き受けると言ったものの、なにか見落としているような気がしてきたのだ。

金の貸し方についての不安ではない。そういう技術的なことではなく、もっと根本の……。

そんなことを思いつつも、なんなのかわからない。もどかしく思いながら、スルトが部屋から出ていくのを目で追っていた。

そして、スルトが扉に手をかけた、その瞬間だった。

「む？」

隣でホロが唸り、次いで扉の向こうから、なにか騒がしい声が聞こえてきた。

スルトも怪訝そうに扉に耳を近づけ、ロレンスたちのほうを見る。

ただ、スルトには心当たりがあったようだ。

「村の者たちが騒いでいるようです。今すぐに静かにするようにと――」

そこまで言いかけた瞬間だった。

「お待ちを！」

「お待ちください！」

そんな声が聞こえてくる。

「お待ちくださいラーデン様！」

ロレンスが目を見開くのと、扉が開けられるのはほとんど同時のことだった。

「ラーデン様!?」

真っ先に声を上げたのはスルトだったし、その瞬間にロレンスは自分がなにを見落としていたのか気がついた。ラーデン司教領の村の成立過程や、現状、それにスルトたちの動機や、ラーデンに対する強い思いも知ることができた。

しかし、話題に出なかったことがある。

まさにこの、ラーデンその人の考えだ。

「スルト！　なぜ私を村に置いていくような真似を！」

その声量は山の熊のごとくで、彼は思索と祈りに明け暮れる、隠者のような老人ではなかった。服こそ修道僧のようなものを着ているが、禿頭で顔の皺が彫ったように深く、がっしりした体つきもあって大木が人に化けたように見える。その人物がいかに粘り強く仕事をしてきたかは、長い年月を力仕事に明け暮れてきた者だけが持つ分厚い両手が証明している。

ラーデンは、信仰心に篤い聖職者というより、義理堅く人情を優先させる職人のよう。

そのラーデンが、怒り出したいような、泣きたいような、そんな複雑な顔をして、自分を止めんとする村人を振りほどこうとしている。

「ラーデン様、なぜここに……」

スルトがそんなことを言うと、暴れるラーデンの脇からひょいと顔を見せた少年がいた。

「祖父ちゃん、なんでって、ラーデン様ぬきで話を進めちゃだめだろ」

「ボーム！　お前が連れてきたのか！」

「ラーデン様と茸狩りに行ってこいなんて、怪しいと思ったんだ。祖父ちゃんの馬を借りたぜ」

ラーデンを安心させるために金を借りることを、そもそも当の本人はどう思っているのか、それを聞き忘れていた。

そして、答えは明らかだ。

「スルトよ、確かに村長はお前だが、聞けぬ命令がある！」

「ら、ラーデン様！　命令だなんてそんな！　私たちはただ、ラーデン様のことを思い――」

「ええい、こざかしい言葉はもういい！　スルトよ、村に帰るぞ！　魚の世話が待っている！」

「ラーデン様お聞きください！　私たちはラーデン様と村のためを思ってここに来たのです！」

村人たちがラーデンの体を押さえつけようとするが、腰のひとひねり、腕の一本釣りで大の男が猫のように吊り上げられ、振り回される。

スルトは今にも泣き出さんばかりだし、どうやらスルトたちに反旗を翻し、ラーデンをサロニアに連れてきたボームという少年もラーデンに加勢している。

口の回る司教はこういう時はおろおろするばかりで、ホロは突然の大騒ぎに笑っている。

なんなんだこれは、とため息をついた時のことだった。

「やめなさい！」

ばん、という机を叩く音がする。

皆の視線が集まった直後、エルサが眉を吊り上げて怒鳴った。

「ここは神のおわす教会です！　どんな理由があろうと騒ぐことは許しませんよ！」

前髪が声だけで揺れそうなほどの迫力は、普段から三人の男児と一人の旦那を叱っている母ならではのものなのかもしれない。

ラーデンもスルトも、もちろんボームも目を丸くし、他の村人も同様だった。

「神はいつでもあなたたちを見ているというのがわからないのですか！　恥を知りなさい！」

しなる鞭のように叱りつけられ、男たちは揃って首をすくめている。

静まり返った広間で、ホロがくつくつと喉を鳴らしていた。

ロレンスはため息をついて、言った。

「スルトさんは司教様と、他の村の人と一緒に別室へ」

スルトはたちまちなにか言おうとしたが、腰に両手を当てたエルサに睨みつけられ、少年のように小さくなっていた。

「ラーデン様と……それと、ボーム少年。私とここに残ってください」

ラーデンとボームは祖父と孫くらいの年齢差だが、互いに顔を見合わせている様は友人同士のようだ。

「ほら、皆さんてきぱきと動く！」

エルサの一声に、人々は羊の群れのようにのろのろと動き始めた。

スルトはなお心残りがあるような顔でラーデンを振り向いたが、ラーデンはそんなスルトに気がつきながら、振り向こうとはしなかったのだった。

　エルサは声を張り上げて喉が痛い、という体で酒を持ってきて、各々に注いだ。

　ラーデンは大きな体を窮屈そうに椅子に押し込め、器の中を覗くように黙っていた。

「クラフト・ロレンスと言います」

　ロレンスはまず名乗る。

　すると案の定、ラーデンは律義な性格のようで、顔を上げた。

「……ラーデン」

　短く、一言だけ告げる。

「あまり聞かないお名前ですが、家名でしょうか。それとも？」

「ラーデン様はただのラーデン様だよ」

　口を挟んだのは、少年のボームだ。

「俺の名前はボーム。スルトは俺の祖父ちゃん」

　物怖じしない性格のボームを、ホロは一目で気に入ったらしい。「俺に酒はないの？」とエルサに聞いて怒られている様子を見て、楽しそうに笑っていた。

「で、ロレンスさんは祖父ちゃんの味方なの？」

　ボームは単刀直入に聞いてくる。

祖父とはいえ、村長の意に反した行動を取るだけはある。

「今のところはどちらの味方でもないよ」

「でも、教会とつるんで祖父ちゃんの言うとおりにしようとしてたんじゃないの？」

「頼まれたからそうしようと思ってたが、どうも事情が複雑そうだ。君たちの話も聞きたいと思っている。だからスルトさんたちにはお引き取り願った」

ボームはじっとロレンスのことを見つめていたが、鼻を鳴らして目を逸らす。

「村長は、教会から金を借りようとしていたのか？」

ラーデンが口を開き、ロレンスはその問いにうなずく。

「村の総意ではなかったのですか」

「……」

ラーデンが黙り、ボームが口を開く。

「ラーデン様と、俺たちみたいなラーデン様の味方以外はそれに賛成」

なんとなく村の雰囲気は理解できた。

「祖父ちゃんたちは町に商いをしに行くなんて言ってたけど、俺やラーデン様を山に追い立てるようにしてたから、怪しいと思ったんだ。で、案の定村に戻れば、大人のほとんどが町に行ったって聞かされた」

「それで馬を駆って？」

「そうだよ。ラーデン様は一人だと馬に乗れないから」

ボームが手綱を握り、ラーデンがその後ろに乗る姿は、やや奇妙ながらなにか微笑ましいものがある。

「借金の話は、なかったことにして欲しい」

ラーデンがそう言った。

「村はこれまで借金をしてこなかった。この先も借金は必要ない」

「ですが、スルトさんはあなたが村の経営に不安を抱いている、と言っていました。その不安を消すために、お金を借りたいと」

「……」

ラーデンは黙る。

「その不安は、養殖がうまくいっていないからですか？」

ラーデンは否定も肯定もせず、じっと器を見つめていた。

「俺は養殖がうまくいかなくなったのは、皮なめしのせいだと思ってるよ」

口を挟んだボームが、苛立ちを隠さず言った。

「鹿皮の加工をやめたらいいんだよ。そうしたら池に魚を放すことができる。村は元通りだ」

皮なめしが水を汚すことは間違いない。ちらりとホロを見たのは、皮なめしが原因かどうか調べに行く選択肢もあるだろうかと思ったから。

ただ、ラーデンがボームに視線を向けて、こう言った。

「皮なめしはおそらく関係ない。村長たちは、きちんと水源を分けている」

「でも」

抗弁しようとしたボームを、ラーデンが視線だけで黙らせる。

「不安はある」

ラーデンが、ロレンスに向き直る。

「鹿猟は……そう、不安定だ。私は村に養殖を取り戻したい」

朴訥とした語り方は、森の樹木の精霊のよう。ただ、ロレンスは隣で本物の森の精霊が、フードの下で耳をかすかに動かしたような気がした。

「それに、私は司教になど相応しくない」

「そうでしょうか」

そう言ったのは、エルサだった。

「お話を聞く限り、あなたは世に溢れるほとんどの聖職者より、聖職者に相応しいと思います」

黒いものは黒、白いものは白、と言ってのけるエルサの言葉には、妙な迫力がある。

ラーデンはなにかを言いかけたが、結局口ごもってやめてしまった。

エルサはそんなラーデンにややもどかしそうにしてから、言葉を続けた。

「私は請われ、あちこちの教会で帳簿の整理を請け負っています。どの教会の司教様たちも、経歴はご立派ですが、ほとんどの人がろくに聖典も読めず、お金の使い方はさらに杜撰です。そういう人たちを一掃して、真に信仰のある人が司教になったら、と常々思っていました」

エルサの言葉に、ラーデンは苦笑しながら目を閉じた。

「あなたはきっと、強い信仰の持ち主なのだろうとわかる。そんなあなたからそう言われるとは、私の生き方もさほど間違ってはいなかったと慰められる」

見た目はいかにも体力ですべてを切り開いてきたようなのに、言葉の選び方は本物の聖職者のようだ。

「私は本気です」

エルサの言葉に、ラーデンは目を開けて、逃げるようにボームを見た。

「どうも皆、私のことを買いかぶりすぎる」

「ラーデン様」

ボームが嫌そうに言うと、ラーデンはため息をついた。

「ロレンス殿と言ったか。私はラーデン。ただのラーデンだ。故郷は若い頃、それこそこのボームの歳の頃に捨てた。もうかれこれ四十年は前だろう。本名を知っている者は、おそらくもうこの世にはいない」

外での長年の力仕事は、独特の皮膚を形作る。汗と塵、それに太陽によってなめされた特殊な革細工のようになる。ラーデンの禿頭と両手がまさにそうで、ラーデンは自身の両手を見つめながら言った。

「私の故郷はラーデリの寒村だった。ラーデリと言ってわかるだろうか？」

ラーデンの口にした国の名前に、思わず息を呑む。

「知っています……が、まさか、そんな遠方から？」

隣に座るホロが、小首を傾げて見上げてくる。

「えっと、ほら、以前、氷に蜂蜜と檸檬をかけて食べる貴族の話をしただろう？　一年中夏の、灼熱の砂漠の国。それがラーデリだ」

「はは、そんな伝説のお菓子の話が確かにあったな」

ラーデリに行くにはサロニアからなら、いったん西に向かって海に出て、船に乗らなければならない。

陸路なら半分くらいの行程で済むが、途中の急峻な山脈を越えるのに命がけの旅になる。

そして、どちらにせよ最低で三か月、下手をすれば半年くらいかかるだろう。

大陸の南端まで行き、宝石を溶かしたような色の暖かい海に出会ったら、そこからさらに船に乗って島をいくつも辿り、対岸の陸地に渡る。

それほどの遠方の地であり、ロレンスも名前しか聞いたことがない。

「ラーデリ……それでラーデンなのですか」

きっとこの近辺を探し回っても、ラーデリ出身の者などにはまず出会えまい。本名を本名だとわかってくれる者に出会うことなど望むべくもなく、それゆえに故郷の国の名を身にまとう。

そういう心境は、旅暮らしをしていたからなんとなくわかる。

「私の村は吹けば飛ぶような寒村だった。しかも暖かい海は鮫だらけで、まともに魚など捕れない。私たちの村は……こちらの言葉でなんと言ったか、とにかく海の宝を探すことで生計を立てていた。滅多に採れず、収穫は一年に一回あるかないか。海賊みたいなものだった」

海で採れる宝というと、たとえば嵐の後に浜に打ち上げられる琥珀などが有名だが、ラーデンが海賊だったならさぞ有名な一味を率いただろうと思えてしまう。

「一度も収穫のない年が三年続き、村は崩壊した。その頃には私は天涯孤独だったから、海の先を見てみたいと思って貿易船に漕ぎ手として乗り込んだ。海の宝石探しで腕っぷしはあったから、重宝された」

舟の漕ぎ手は刑罰に使われるような重労働だ。ラーデンの体はその頃に形作られたのだろう。

「船から船を乗り継いで、いつの間にか寒い土地まで来ていた。あの頃は教会と北の異教徒との戦が盛んで、どの船にも理想に燃えた聖職者が乗っていたものだ。私が神の教えに触れたのは、その時だ」

「この土地にやってきたのも、その頃のことですか？」

「ん？　ああ、そうだ。師匠……と呼んでいいのか、あの方にくっついて戦地を目指していた。ただ、昔はこの辺もひどい有様で、私はそれ以上先に進めなかった。向かおうとする先から逃げてくる人々を見捨てておけなかったのだ」

ラーデンは自身が崩壊した村から外に出た経験を持っているので、余計に見捨てられなかったのだろう。

「師匠は別れる際、私に置き土産として、今の村の土地に関する特権を手に入れてきてくれた。説教をすれば小鳥さえも聞きほれるという人だったから、簡単なことなのだろう」

土地の取得はラーデンがしたわけではない、ということにややほっとする。

「私はそこを死に場所と定めた。故郷を失くした人たちの故郷とすることに決めた。私のすべてをここに捧げようと誓い、落ち葉の水たまりを掘り返し、ため池を作った」

「なぜため池なんじゃ？」

ホロは思わずといった様子で聞いてしまったらしい。

ただ、確かになぜ思い立って魚の養殖をしようとしたのかは気になるところだ。

ラーデンはホロの問いに、少しはにかんだ。

「聖典の一節で、私が真っ先に覚えたのがその話なのだ。神は飢えた民衆にひとつのパンと一匹の魚をもたらされた。人はそのパンをふたつに割き、片方を隣の人に、また別の人は魚を半分に切り、片方を隣の人に。そうしてひとつのパンと一匹の魚が、千人の飢えた人の腹を満たしました、という説話だ」

パンと魚は隣人愛の喩えなのだが、ラーデンはそれを文字どおりに実行したのだ。

「その土地には戦火から逃れてきた者が一人、また一人とたどり着き、やがて噂を聞きつけた者たちがやってくるようになった。ため池での魚の世話や池の拡張なら、女や子供でもできる。人々が一丸となって働き、毎年溢れるほどの魚を収穫できた。私が子供の頃には夢見ることさえできなかったほどの量だ」

「うちの鱒は絶品なんだよ！　ロレンスさんたちは食べたのか？」

ボームの問いに、首を横に振るしかない。

「我々は今年初めてここに来たんだ。食べられないと聞いてがっかりしたよ」

「あー……」

心底悔しそうなボームにラーデンは微笑み、話を続けた。

「それからも色々あったが、あっという間に四十年だ。文字どおり焼け出されて村にたどり着いたスルトの抱えていた乳飲み子が、大人になって子をなして、それがこんなに大きくなる時間だ」

ラーデンの視線を受けて、ボームは照れたように唇を曲げていた。

「私は神の教えに従って生きてきた。だが、司教になどなるつもりはない。私はあの村を守り、あの村で死ぬのだ。望むらくは」

ラーデンは天の国を仰ぎ見るように、天井に目をやった。

「私の体を池のほとりに埋め、そこから生えた木影に、丸々と太った鱒が集うような、そんな村であり続けてほしい」

視線を下げたラーデンは、静かに言った。

「私の望みはそれだけだ」

老いてもなお力強さの消えないラーデンの声には、かえって、老境に差し掛かった者の悲しさがより一層濃く滲んでいた。

隣ではホロがうつむきがちに、膝の上で手をぎゅっと握りしめている。飄々としているようで、誰よりもこの手の話に弱い、優しい心の持ち主なのだ。

「では、ここの教会が、村の人たちが遊んで暮らせるほどのお金を貸したとしても」

そんな冗談めかした言い方に、ラーデンは疲れたように笑う。

「私は教皇庁になど行かない。あの村から、離れる必要などない」

ホロのフードの下でまた耳が動いたような気がしたが、ラーデンの絞り出すような願いにあてられたのだろう。

ロレンスはホロを見やってから、言った。

「わかりました」

ラーデンはロレンスのことをじっと見て、無言のまま頭を下げたのだった。

　ラーデン司教領の面々は、特に宿泊のあてもなく町に押しかけていたようで、結局司教の決断で、教会に泊まることになった。それは神の慈悲を体現する教会らしい判断、と言いたいところだが、司教は細かいことを気にする性格ではなさそうで、適当に決めたのだろう。生真面目な性格から、騒ぎの後始末を受け持つはずのエルサはげんなりとしていた。

「なんだかおかしなことになってしまいましたが……」

　ロレンスたちを見送る時に口にした言葉にも、実感が籠もっていた。

「いえ、いざ話を進めてから問題が露見するより良かったですよ」

　頑固なラーデンと、そのラーデンを慕うあまり、拙速な行動を取っていたスルトと村の人たち。

　理屈の話ではないので、これぞという正解はないのだろうが、数年後に笑い話になるような結末になったらいいとロレンスも思う。

「また明日、話を聞きに来ます」

「よろしくお願いします。私は司教様がお酒を持ち出さないかを見張っておきます」

　悪い人ではないのだろうが、思慮深い司教様というわけではないらしいのは、この間の借金の問題の際、よかれと思って商人を牢に放り込んだ経緯からも明らかだ。

「ではおやすみなさい」

「良い夜を」

エルサは疲れたように言って、やや背中を丸め気味に教会の中に戻っていった。

その余韻もなくなってから、ロレンスはさてと隣のホロを見た。

「お前、どうせ宿に戻ってもしばらく起きてるよな？」

昨晩は祭りに使う麦の蒸留酒の選定で、たらふく飲み比べてべろべろに酔っぱらっていた。

当然朝は起きられるはずもなく、昼になってもまだ呻いていて、日が傾いてようやく落ち着きを取り戻していた。食事もつまみに鰯とスープをちょっと食べた程度。そして町は大市の終盤と祭りの準備が重なって、きっと一年で最も賑やかな時期だ。

今も人の喧騒はむしろ昼間より多いくらいで、飲んで騒ぐ者たちで溢れている。

「んむ。脂っこい肉が食いたいのう」

「はいはい」

仰せのままに、手近な酒場に入ったのだった。


ホロが羊の骨付きあばら肉に噛みつくのを眺めながら、ロレンスは麦酒を軽く啜る。

農産物が一堂に会する秋の大市なので、麦酒の醸造は町中の職人だけでなく、自前の醸造鍋と秘伝の仕込み法を携えてやってきた方々の職人たちが腕を振るっているらしい。ロレンスが口にしている酒も、果樹の木片で燻製にした大麦を使っているらしく、果物の香りがする。

放っておいたら、ホロなどは一樽飲んでしまいそうな飲みやすさだった。

「お前は、どっちの味方をするべきだと思う？」

「んむ？」

羊肉の脂を麦酒で洗い流したホロは、鼻の下に白い髭を作りながらこちらを見た。

「理屈の話なら、商人らしく天秤の目盛りをじっと見つめればいいんだが」

スルトとラーデンの話は、どうも理屈で片付きそうもない。

「あるいは手を出さないべきだろうか」

外野の人間がよかれと思って手を出すと、かえって問題が悪化することもある。

ついこの間の借金の問題は、性質上、よそ者のほうが解決しやすかったにすぎない。

とはいえ彼らの間には手で触れそうなほど明確な問題があって、しかも彼ら自身では解決できそうに見えない。

「ぬしが手を貸したいと思う理由はなんなのかや」

ホロはねぶった羊の骨を手に、忙しなく食事を運ぶ酒場の娘に振ってみせる。

「もったいないと思うからな」

「もったいない？」

付け合わせの炒った豆をばりばり噛み砕くホロは、意外そうな顔をした。

「市場で全然知らない商人が、極上の羊肉を売っている。だが彼はその肉の質の良さを知らないために、露店でごった煮を出すような雑な店に安値で売り渡そうとしている」

「たわけじゃな！　良い羊肉は香草をちょっと乗せて、パン窯のようなところでじっくり焼くのが相応しい。煮込みはくず肉を美味く食べる方法じゃ！」

「ほら、口を出したくなるだろ？」

ロレンスの言葉に、ホロはうなずいた。

「似たような話じゃと？」

「そりゃそうだ。怪しげな方法で手に入れた土地を開墾し、立派な村に仕立てあげてみせた。あだなとして、司教様なんて呼ばれているラーデンだが、本当の司教じゃない。それがある日突然、教皇庁から直々に司教に引き立てようと持ち掛けられる。どうしてそれを断るっていうんだ？」

司教というのはとてつもなく高位の職階だ。本来ならば自由学芸と呼ばれる学問を修め、さらに上位の教会法学を修めたうえで教会に奉仕し、まずは助司祭から始め、一歩ずつ出世の階段を上ってようやくたどり着ける場所なのだ。

しかも単なる信仰心だけでは不可能で、抜け目なさと政治的な立ち回り、それにたっぷりの心づけを上司に渡さなければどの関門も越えられない。

すべてをすっとばして司教になれるのにそれを断るなど、誰に聞いてももったいないと言うだろう。

「興味がないのやもしれぬ。コル坊も聖典は大好きじゃが、教会で偉そうにする性格ではないじゃろ？」

「好き嫌いの領域を超えている気がするんだよ。司教になったら、もちろん今の村は本物の司教領になる。その現実的な利益は、村を大事に思う人ほど理解できるはずなんだけどな……」

「ふむ」

ホロは言葉の向かう先がわからなかったのか、それとも席から見える調理場で、今まさに竈から羊の塊肉が引き出されていたからか、鈍い反応を見せた。

「ここの司教さんが説明してくれたが、ラーデン司教領は存在しない教会の代理で土地の権利を受け取っている。もし元の所有者の貴族の末裔とかが、詐欺だと言って乗り込んできたら太刀打ちできない」

「それは……なるほど、あるかもしれぬのう」

「けれど本物の司教が治める司教領なら、そういう苦難に陥った時、教会組織が味方をしてくれる。よほど貴族側も腰を据えないと、土地を取り戻すのは無理だろう。それは周囲の土地所有者と揉めた時にも同じことだ」

ロレンスがそう言い終える頃、赤毛をリボンでくくった元気な酒場の娘が、焼き立ての羊肉をテーブルにどんと置く。

ホロはついでに酒のお代わりを頼み、手にしたナイフで肉に線を引いた。

「ここまでわっちのじゃ」

ホロは領土争いの困難さを、実地に示してくれた。

「それに村がこの先経済的な問題に見舞われた時も、サロニアの教会が手を貸しやすくなる。同じ教会同士なら、理由など大して問わずに金を融通しても問題視されないからな」

「それもわかりんす。わっちがまだぬしのただの旅の連れ合いだった頃、ぬしの支払いで食事をするだけで心苦しかったからのう。妻の立場になってようやく、気兼ねがいくらか減ったものでありんす」

「……」

ロレンスが引きつった笑みを無言で向けると、ホロは憎たらしいくらいに可愛い笑顔を向けてくる。それから嬉しそうに肉を切り分け、かぶりついていた。

「まあ、ラーデンさんが司教になったら、そういった諸々の特典がついてくる。ラーデンさんにこの先、万が一のことがあったとしても、村の心配はかなり減るだろうな」

ホロは軟骨までバリバリ食べてから、口も拭わずに言う。

「不利益もあるのではないかや」

さすが賢狼だった。

「あるよ。教会組織に組み込まれるから、たとえばラーデンさんの後を継ぐ誰かが村長とは別に上に立つことになる」

「ふむ。厄介な奴が来るかもしれぬ、と考えることもできるのう」

「ラーデンさんはそれを心配してるのかな」

手塩にかけて作り上げた村。そこによそ者がやってきて我が物顔するとなれば、面白くはないだろう。

ロレンスはそんなことを考えながら、ホロが切り分けた羊肉の、小さいほうをさらに小さく切り分けて口に運ぶ。噛めばじわりと甘い脂が口の中に広がっていく。

「で、お前はラーデンさんの話の最中になにか気がついてたよな」

ロレンスが言うと、背中を丸めるようにして骨付きの羊肉にかぶりついていたホロは、そのままの姿勢でロレンスを上目遣いに見る。

「それほどのことではありんせん。あやつは、鹿猟が不安定じゃから村に魚の養殖を取り戻したい、と言っておったじゃろ？」

「それが嘘？」

ホロは華奢な肩をすくめ、肉をはぎ取られた骨をしげしげと見つめ、まだこびりついている筋っぽい肉に牙を突き立てる。

「ぬしらの話でも、鹿猟はうまくいっておるということじゃ。あのたわけは鹿猟が気に食わないんじゃろ」

ホロの話しぶりは、どこか距離を置くような物言いだった。そこから感じるのは、なにかを隠したいというほどではないが、核心に触れたくなさそうな雰囲気だ。

それはなんだろうかと思った時、記憶に蘇ったのは、ラーデンの言葉だった。

「ラーデンさんが山に池を作ったのは、それが儲かるからとかという理由じゃなく、なくした故郷のことを考えて、だったのかな」

本人は初めて覚えた聖典の一節に導かれて、と言っていたが、それにしては池を作るというのはやや不自然だ。

ロレンスの言葉にホロはすぐに返事をせず、がりがりと音を立てて骨をかじってから、ため息交じりに置いた。

「人の心などわからぬ」

投げやりなふうだったが、ロレンスはホロのそんな気持ちもわかった。

ホロはかつてヨイツという土地で仲間と共に暮らしていたが、ある日気まぐれで故郷を発った。すぐに帰るつもりがあちこち放浪した挙句、ひょんな縁からパスロエという村で麦の豊作を司ることになった。そこで知り合ったとある村人との約束だったと言い、律義なホロは何百年とその役目を全うしたらしい。そうこうしている間に時は流れ、ホロは故郷への帰り道を忘れ、かつての仲間は時の流れの中に消え去った。ホロの遠吠えに応える者は、もういない。

そんなホロの前に、なくした故郷を再現したがっていた、なんて話がでてきたら。

普段は穴を掘って埋めてある、解決できない問題が顔を見せてしまう。

ただ、ホロが距離を空けたがる気持ちは理解できたが、ロレンスは依然として、全然別のことが理解できなかった。

「しかし、それは別に司教になるならないに繋がらないんだよな……」

どういうことなのか。

ロレンスは麦酒を手に考え込むが、うまく思考がまとまらない。ラーデンが司教になるのを拒むのは、端的に言って不合理なのだ。そのために奔走するスルトを責め、教会でのあんな大立ち回りになるような理由はどこにもない気がする。

ラーデンが司教になるのを拒否する理由は、もっとなにか別のことなのだろうか。

ロレンスがあれこれ考えていると、肉を挟んだ向かい側で、ホロがどこかげんなりしたような顔で自分を見ていることに気がついた。

「ん、な、なんだ、どうした？」

顔になにかついているかと驚いて顔を撫で、次にホロの好きな脂身のついた場所を自分のため切り分けてしまったかと羊肉を見る。

ホロはそんなロレンスの反応に、ため息をつく。

そして、なにかひどく迷うようなそぶりをしてから、口を開く。

「ぬしよ、わっちが思うに——」

ホロがその先を続けようとしたさなか、大きな声が割り込んできた。

「おお、ロレンス殿ではないですか！」

びくりとして見やれば、禿頭に立派な白髭、でっぷりと肥えて突き出た腹という、絵に描いたような老商人のラウドだった。ラウドはサロニアの借金騒ぎの時、最初にロレンスたちに借金の証文を突きつけてきた商会の主だ。

あの騒ぎ以来、すっかりロレンスを商売の英雄かなにかと見なしている。

「奥方も、今宵もお美しい限りで」

ホロは褒められたら素直に喜ぶ性格だが、つい今しがたなにか言いかけていたことが引っかかっているのか、やや曖昧な笑顔だった。

「ところで聞きましたぞ。教会にラーデン司教領の者たちが大挙して押し寄せているとか、そこにロレンス殿が呼ばれたとか。ラーデン様が本物の司教になるかどうかという話でしょう？」

すでにスルトは商会に話を持ち込んでいたというから、皆が知るところなのだ。

「ええ、町の商会からは借金を断られてしまって……という話でした」

ロレンスが悪戯っぽく言ったのは、ラウドがまさに断った側の商会であるから。ラウドはその含みに、酒のたっぷり注がれたジョッキを手にしたまま肩をすくめた。

「多少の寄付なら構わんがねえ……。金額もでかいし、最近の風潮もある。あとはほら、たとえばラーデン様が本物の司教様になって、代替わりした後のことが問題だ。踏み倒される可能性がないわけじゃない」

　ロレンスも考えたことで、商人ならば誰しもが似たような実例のひとつやふたつ知っている。

「ただ、あそこが本物の司教領になるんだったら、それはそれでいい話だって仲間内でも話してたんでね。ロレンスさんを見かけたから、どんな感じかなと」

「あまりご期待に添える感じではありませんが……」

　ラウドは酒を飲み、それから同情するように笑った。

「ラーデン様自身は乗り気じゃないって話だからなあ」

　そのことも知っているらしい。

「その理由はなんだと思いますか？」

　ロレンスが尋ねると、ラウドは酒のせいで目じりが赤くなった目をしょぼつかせてから、答えた。

「うーん……それは俺らも不思議に思ってるところなんだ。理屈から言ったら、司教になれるだなんて、村娘がある日王子様に見初められるようなもんだ。いろいろ苦労はあろうが、お妃様の席を用意されたら、とりあえず話を受けるだろ？」

　ロレンスは思わず笑ってしまうが、喩えとしては正しい気がする。

「まあ、司教様になるってなったら村をしばらく離れなきゃならない。やっぱり魚の養殖がうまくいってないからってのがあるんだろうな。村長さんたちは鹿の猟や加工で忙しいから、養殖業を復活させられるのは自分しかいないってことだろう」

スルトは借金によって養殖業を復活させたいのかと尋ねた時、言葉を濁した。

鹿の話がうまくいっている中、難しい養殖に資金や労力を注ぎ込むのは正しくないと思っているのだ。

「それにあの池は、ラーデン様が故郷の理想の海を再現したくてって話だろ？」

「その話、やっぱりそうなんですか？」

自分たちの推測にすぎなかったので、ラウドの言葉に食いつく。

「そらそうだろう。すでに立派な池があるならまだしも、わざわざ穴掘ってまで作ったんだからな。泣ける話じゃないか。村長らも、儲けにはならないかもしれないが、力を貸してやればいいのに」

ラウドはやや不満そうにそんなことを言うが、「あの脂の乗った鱒は美味いしなあ」なんて呟いているので、そっちが本音だろう。

ただ、その池と魚の養殖が理想の故郷の再現なのだとしても、うまく話が噛み合わないことがある気がした。

「一度は夢がかなったんですよね？」

「んん？」

ラウドが聞き返してくる。

「サロニアの年代記にも残っているそうですが、一時は魚が溢れるほど捕れて、サロニアの飢饉をも救ったとか」

「ああ、ああ、俺が鼻たれ小僧の頃の話だな。覚えてるよ。世界で一番美味い鱒だと思ったものさ」

だとすればラーデンがなおも執着するのはなぜなのか。

「ちなみになんですけど、村長さんたちが池そのものを埋め立ててしまうかも、という話ではないんですよね？」

留守の合間に己のへそくりの心配をするのは、外に働きに出る男たち共通の悩みだ。

それに、ラウドはその可能性を聞くと、大笑いした。

「はっはっは、そんな馬鹿なことがあるかね！　そもそも司教様が養殖を諦めたら、皮なめしのために今の池の水を使えるだろうしな。むしろ村長さんらは、ラーデン様が作り出した池を、村を二度も救ってくれる奇跡の泉だって信仰を深くするだろう！」

それも言われたらそのとおりだった。ラーデンの理想の故郷の海とは違ってしまうが、村の人たちのために池が利用されることは間違いない。

単に一年ほど村から離れ、司教になるための手続きを取る。それにラウドの話しぶりでは、スルトたちがラーデンの不在にかこつけ、皮なめしの作業場に変えてしまうような場面も想像できなかった。

だとしたら、司教になって村へと戻ってきて、それからまた魚の養殖の再起を手掛けることもできるはず。

ロレンスが唸っていると、ラーデンは不意に顔を近づけてきて、酒臭い息を吐きながら、悪戯っぽく言った。

「俺たちはな、もしかしたらラーデン様が第二の夢を実現間近なんじゃないかって話してる」

「え？」

「ほら、ラーデン様の故郷の村では、海の底の宝石を採るって話があっただろ」

「ありましたね。……え⁉　いや、ですがっ」

山に掘って作った池から宝石が採れるようになるなんて、そんな馬鹿なことがありえるのかと思ったら、ラウドは肩を揺らして笑った。

「はっはっは。酒の場での冗談だよ。でも、そうじゃないと訳がわからん話だろ？」

「いや、不可解さはまさに、そうなんですけれど」

「ふふふ。町の商人の中にも、すでに何人か同じ内容を相談された者がいてね。皆、同じ疑問に行き当る。しかし今回はあのロレンスさんだからって、皆で話してるんだよ」

そういうことか、とロレンスは納得する。

「今度はうまくいくかどうか、賭けてるんですね？」

話しかけてきたのは、その賭けを優位に進めるための情報収集。

ラウドは茶目っけたっぷりに、片眼をつむってみせた。

「ところで、その宝ってなんなのでしょう。私はあいにくと思い当たらなくて」

「ん？」

「北の海だと、嵐の後に琥珀が浜辺で拾えたりしますよね。あるいは……真珠でしょうか？」

しかし琥珀は大物こそ見つかりにくいが、細かいものはほぼ確実に採集できる。真珠も滅多に採れないが、そもそも貝の副産物なので、三年も収穫できずに村が破綻するという話とはつじつまが合わない。貝の不漁ならありえるが、そういう感じではなかった。

「琥珀でも真珠でもないよ。なんていったっけな……この辺じゃ滅多に聞かないものでな。えっと」

ラウドは禿頭をぽこんと叩き、目を見開く。

「そうそう！　珊瑚だよ」

「珊瑚？」

「むかーし、珍しい細工物を扱う旅の商人が、貴族様の客相手に持ってきたのを見たことがある。赤い綺麗なもので、宝玉のようだった。銀細工にはめ込まれていたから珠の形状だったが、元は海に生える樹木のようらしい」

海に生える樹木。確かに耳に掠めた程度の知識では、そんな印象だった。

ロレンスはうまく形状を想像できないが、広い世の中なので、海の中に宝石の樹木が生えることもあるだろう。

「深い海の底に生えていて、到底潜って採ることはできないと聞いた。だから教会の紋章みたいな鉄の棒を組み合わせて、鉤爪のようなものを作る。それを縄に括りつけ、海にドボン。それを引き上げて、またドボン。気の遠くなるような幸運頼みの仕事だ。しかもそのいわば樹木の幹が、珠に削り出せるくらい太くなきゃいけないってんで、なおのこと、運頼みなんだと」

「なるほど……」

ロレンスは、まだまだ世の中には知らないことがあるものだと感心したが、ラウドには疲れたような笑みを向ける。

「まさかそんなものを池で再現できそうだ、なんて」

「夢はあるだろう？」

確かにそのとおりだった。

「ま、理由はわからずじまいだ。ラーデン様も養殖以外の理由は口にしないんだからな」

だとすると、自分が聞きに行っても無駄だろう、とロレンスは思う。

「なんにせよ、もしラーデン様が司教になるようだったら、一声かけてくれ。お近づきのしるしに、寄付ならしたいところだ」

商売気で溢れんばかりの笑みを見せ、ラーデンは自分の席に戻っていく。

その大きな体と暑苦しい雰囲気がなくなって、ほっとする一方で、胸にあった空虚さは徒労感に近い。

「ううーん……ますますわからなくなってしまったな……」

ロレンスは腕を組み、ため息交じりに呟く。

ラーデン本人が嫌がるなら無理強いをすることでもないが、外野からすると逃すにはあまりにもったいない話に見えるのだ。もちろんロレンスもラウド同様に、この件で力を貸せれば司教の知り合いが一人増える、という下心もある。

また、ラーデンの動機とは打って変わって、スルトたちの行動がやや強引なことには、ロレンスも共感を抱いていた。

スルトたち村人は、心底ラーデンに感謝している。だから今度は我々が恩を返す番、と思っているはずなのだから。

特にラーデンは、教会の教えに刺激されてこの地にやってきたらしい。それなら、本物の聖職者になるという希望も当然あったはずで、これはまさに神のもたらしてくれた機会だと思うだろう。

ただ、それまで人々を率いていた年老いた人物と、その人物を気遣う周囲の人々、という構図は、実はニョッヒラの湯屋でよく見る光景なのだった。

親子二代の貴族がやってきて、父親のほうがほとんど歯も残っていない老境なのに、まだまだ若い者には負けん、というのが口癖だったりする。息子のほうも顔に皺が目立ち始める歳なのに、父が馬に乗って領地を巡回したり、複雑な領主裁判に連日連夜参加したりするとぼやいている。

息子のほうは、もうゆっくり休んで欲しいのに決して言うことを聞かない父親を、どうにか休ませるため、ほとんど引きずるようにしてニョッヒラに連れてくるのだ。

こんな時、大抵父親のほうも引退すべきことを頭では理解していたりする。

「ラーデンさんだって、司教になるべきだと頭ではわかってると思うんだが……」

ロレンスがそう呟くのと、向かい側の席でホロがジョッキを手にうつむいているのに気がつくのは同時だった。

「おい、大丈夫か？」

ラウドが来た辺りからずいぶん静かだと思ったら、少し顔色が悪い。頬が幾分赤いものの、それ以外が妙に白い。ジョッキに二杯か三杯の麦酒なので、酒量としては多くないが、二日酔い明けというのが効いたのかもしれない。

羊肉はまだ多少残っていたが、そもそもまだ肉が残っていることが、不調の証だ。包んでもらって、宿に戻ったほうがよさそうだった。

「ホロ、帰るぞ」

目を閉じてうつらうつらしているホロの手からジョッキを取り上げ、給仕の赤毛の娘に勘定を渡し、ホロを背中に背負ってから、羊肉の包みを受け取った。

ホロを背負って宿に戻るのは何度目だと呆れるが、ホロも多分こうしてもらえるとわかっているから、油断しがちなのだろう。

それに時折、演技ではないかと疑う時もあるが、もちろん気がつかないふりをする。商人は客の要望に応えるのが喜びだ。

姫が全力で甘えてくるのなら、全力で甘やかすのみだった。

「さすがに冷えるな」

酒場から外に出ると、夜はすっかり秋の空気になっていた。ホロに上から毛布でも掛けてもらったほうがよかったかな、と思ったが、さすがに過保護すぎるかと苦笑した。

ずるりと背中から落ちそうになるホロを背負い直し、ロレンスは一歩一歩宿に向かって歩いていく。

「こいつ……年々重くなってる気がするんだよな……」

見た目は変わらないのに不思議なものだと思ったが、ふと、そうではないのかもしれないと気がついた。ホロが重くなっているのではなく、自分の足腰が衰えてきているのだろうと。

こうしてホロを背中に担いで寝床まで運ぶのも、いつかは遠い日の思い出になってしまう。

ホロのわがままについつい答えてしまうのは、ホロの視点に立った時のことを想像してしまうからだろう、とロレンスは思っていた。

ホロだけがいつまでも見た目が変わらずに、自分だけが老いさらばえる。ホロは置いていかれる側の身で、その日のことを想像すると、ロレンスはどれだけホロを甘やかしたって、甘やかし足りないと思っている。

自分は永遠には、ホロのことを守れない。死が二人を分かつ時までは、という結婚の誓いは、ロレンスが先に去ることの決まっている話なのだから。

宿の軒先に出ている露天の飲み場で、客たちから軽く囃され、苦笑しながら部屋に向かう。宿の主人はもはや無言で先回りして扉を開け、ついでに万が一のための桶を用意してくれた。

やれやれとホロをベッドに下ろそうとしたら、ホロは目が覚めていたらしい。

自分から足を伸ばして下りて、とすんと尻もちをつくようにベッドに腰掛けていた。

「見慣れた光景だな」

ロレンスが笑うと、ホロは背中を丸めて、うー、と力なく唸る。

「気分悪いか?」

顔色はだいぶ戻っているが、念のために聞くと、ホロは顔を横に振る。もちろん酔っ払いが大丈夫じゃないと返事をした試しなどないので信用ならないが、ホロは首を横に振るだけではなかった。

手を伸ばしてこちらの袖を掴み、隣に座って欲しそうにしてきた。

「はいはい」

弱っている時のホロは見た目よりも幼くなる。歳を取れば取るほど子供じみてくる、なんてよく言ったものだ。ロレンスがホロの右隣に腰を下ろすと、ホロはロレンスの肩に額を当て、言った。

「悪酔い、してしまいんす……」

自ら不調を口にするということは、だいぶ落ち着いてきたらしい。

ホロの背中に左手を回し、右手でホロの手を取った。

「途中でラウドさんが来てしまったからな。寂しかったか」

からかうように言うと、ロレンスと繋いでいるほうの手にぎゅっと力を込めてくる。

「悪かったよ」

そう言って、ホロの耳の付け根に口づけをする。

ホロの尻尾は高価な香油を使って手入れをしているので、文字どおり花のような甘い香りがするが、耳のほうにはまた別の甘さがある。濃いホロの匂いがするのだ。

あまり嗅ぐと嫌がるのでほどほどにすると、ホロは不意に言った。

「寂しかった、というのは近いかもしれぬ」

「……」

ロレンスはやや驚き、顔が勝手に気遣うような笑みを浮かべてしまう。

「いや、寂しかったんじゃや。それで悪酔いしてしまいんす」

ホロは自分から、耳の付け根をロレンスの頬に擦りつけてくる。

あまりのホロの気弱さに言葉を返せないままだったロレンスの思考が、ようやく追いついてくる。

「……そういえば、ラウドさんが来る直前、なにか言いたそうにしていたよな」

ラーデンのことでなにか気がついたのだろうか。思えばあの時から、ホロの表情は浮かなかった。ロレンスが答え合わせを求めるように、ホロと繋いでいるほうの手を軽く揺さぶると、ホロの小さな手が、力なく揺り返される。

「あれこれ頭を巡らすぬしは……たわけじゃということに気がついてのう」

「ん？」

聞き返すと、握っている手に軽く爪を立てられる。

「ぬしは、たわけじゃ。わっちを驚かすくらい聡明なのに。答えは目の前にあったのに」

まるで謎々みたいだが、ホロは続けて言った。

「あるいは、たわけはわっちもかもしれぬがのう。鼻と耳が良いせいで、目が悪いことに気がついておらんかったように」

ニョッヒラにいる時、そんな話になった。ホロはいつまで経っても文字が下手なのだが、どうやらその原因が目の悪さにあるようだと。硝子を磨いて作った、文字を拡大する眼鏡を渡すと、覗き込んで驚いていた。

では、その話を敷衍すると？

ロレンスはゆっくりと考えて、答える。

「……俺は、なにか偏った考えばかり巡らせていた？」

理詰めで考えれば、ラーデンの行動は不可解だった。司教への抜擢は村娘が王子に見初められるくらいの奇跡なのに、それを断ろうとしている。しかもどう考えても、ラーデンが司教になれば、村の基盤は将来に渡って安定するというのに。

もしもラーデンが村のことをなによりも大事に考えているのなら、たとえ自分になにか不都合があったとしても、飲み込んで司教になる道を選ぶような気さえする。

だとすると、ラーデンを縛っているのは、理屈ではないなにかだ。

自分は理屈の話なら、商いのような話ならば一家言ある。

しかし、ロレンスがホロに敵わないのは、もっと湿っぽい、人の機微にまつわる話だった。

「わっちゃあずっと、あの大木のような奴のことを考えておった」

熊でもなく岩でもなく、大木。

確かにラーデンは、大木のような男だ。

「なぜあの頑固者は、周りからの気遣いを受け入れぬのかとな」

ホロもそこから思考を開始していたらしい。つまり少なくとも、スルトたちは本気でラーデンのことを気遣っている。

しかし、出発点が同じだけで、ホロはロレンスとは全く別の方向を見ていたらしい。

「わっちゃあ……なんと贅沢な、と内心苛々したものじゃ」

ロレンスがはっとしたのは、ホロの気持ちがわからなかったからではない。踏んではいけないものを踏んだ時のような気付きがあったからだ。

「……それって」

ロレンスは思わず言葉を濁してしまうが、ホロは目を閉じて笑った。

「そうじゃ。パスロエ村の話じゃ。わっちが長いこと、おった村」

ホロは昔話のように、どこか眠そうに語る。

「それから、わっちが追い出された村」

ロレンスは息を呑むように、大きく吸う。

パスロエの村は、ロレンスにとってはホロと出会えた村だが、ホロにとっては、大切ななにかを失くした村でもあった。

「わっちは大事にしていた当の村人から、村を追い出された身じゃ。そのわっちからすると、あの大木はなにを贅沢なことで喚いておるんじゃや、と思いんす」

冗談めかしているものの、半ば本気なのだろう。

背中の後ろにある尻尾が、やや膨らんでいた。

「とはいえあやつの苦しみもまた、嘘ではなさそうじゃ。迷い、苦しんでおった。命をかけて守ってきた者たちに、心底から心配されておるのに、なぜ？　とわっちは思いんす。理屈に合わぬ。じゃからのう」

ホロは、ロレンスにもたせ掛けていた体を起こす。

「わっちゃあ、想像してみたんじゃ。あの大木になった気持ちで」

「ラーデンさんの？」

ホロはうなずくと、苦笑のような、痺れた足を触られたような顔を見せた。

「そのラーデンとやらは、自分が村から追い出されると思っておるのではないのかや？」

「ん……え？　追い、出す？」

あまりに訳がわからず、聞き返してしまう。

「追い出す……というのとは違うかのう。じゃが、似たようなことじゃ」

まったくわからない。

スルトたちの気遣いは本物だったし、スルトたちがラーデンを追い出す陰謀を巡らせているのなら、ホロがその耳で気がついたはずだ。

どういうことかと見返せば、ホロは呆れたように笑っていた。

「考えてもみよ。自らのすべてをかけて作ってきた養殖池じゃろ？　そこの魚がすべて死んでしまっておるんじゃ」

「だ、だが、村の人たちはこれまでのことを心底感謝しているはずだ。鹿を利用して別の稼ぎを見つけたのだって、これ以上ラーデンさんに負担をかけないためだろう？」

「うむ。そのとおり。じゃがな、わっちがそやつじゃったら……」

ホロは木窓から夜空を見て、ロレンスを振り向いた。

そして、頭突きでもするかのように、胸に額を当ててくる。

「寂しいと思いんす」

「寂……しい？」

ホロはロレンスに顔を見せないまま、うなずいた。

「パスロエの村の連中もな、人の知恵と力で、麦を豊作にする方法を編み出した。わっちがおらんでも麦を豊作にできた。わっちゃあ元々、村の麦をよく実らせてくりゃれと頼まれておったのじゃから、誰が豊作にしようとかまわぬはず。誰が豊作にしようと、豊作になるなら喜ぶべきことだったはずなんじゃ」

「……」

声の調子から、ホロが今にも泣きそうなことがわかって、ロレンスもまた苦しくなってしまう。

ただ、ロレンスが泣きたくなるのは、別の理由もあった。

ホロの言いたいことが見えてきて、はっきりと、自分のうかつさに辟易していたからだ。

「あの大木の村の池もそうじゃ。理由のひとつに、故郷の再現などという夢みたいな話があるのは、おかしくありんせん。じゃが、第一の理由は、人の腹を満たすためだったはずじゃ」

ホロは鼻を啜り上げ、自身が賢狼ホロとしてパスロエの村を守っていた時のことを思い出すかのように、言った。

「人の笑顔のためだったはずじゃ。新しい家族に新たな住処を与えるためだったはずじゃ。ならば、方法などどうでも良いはずなんじゃ。理屈の上ではの……」

理屈の上、という言葉の時だけ、ホロは顔を伏せたまま、はっきりと笑っていた。

それはパスロエの村でひどく傷ついた自分自身のことを、間抜けだと嘲笑う自傷の笑みにも見えた。

ホロはパスロエの村で、時の流れの中で忘れ去られ、あまつさえ古い時代の悪い風習の象徴だと見なされて、大きな狼の体が消え入りそうなほど、傷ついていた。

そもそも故郷に帰りたがっていたのだから、後ろ足で砂をかけて出てやるくらいでちょうど良かったのに、それができなかった。

理屈ではないから。

しがらみや思い入れというのは、割りきれるものではない。

「自分の中に別の誰かがおるような気持ちじゃ。それはきっと、あの大木もそうじゃろう。なりはでかいが、知恵の詰まった男に見えた。あの白髪のむらおさの言うことも、気持ちも、全部わかっておるはずじゃ。なのに心が言うことを聞かなかった……そんなところじゃろう」

スルトやボームたち村人のみならず、サロニアの司教や、エルサまでもラーデンをほめそやしていたし、気にかけていた。鹿の話だって、そもそもはラーデンがあまりに働きすぎるので、ということだった。皆がラーデンのためを思っていた。

だが、当の本人からしたらどうか。

自分が村の人々のために作り上げてきた養殖池から魚がいなくなっても、村人たちは自分たちの力で稼ぎを見つけてきてしまった。養殖の復活に奔走するのは自分だけで、あろうことか村の人々からは、村のことはしばらく忘れて一年ほど遠くに向かい、司教になってきてくれないかと告げられる。

ならば、ラーデンの耳にはこう聞こえたとしても、おかしくなかったのだ。

司教になってくれ。今のあなたが役に立つことは、それしかないから。

振り払ってもまとわりつく深夜の闇のように、ラーデンにその言葉がまとわりついただろう。

「それに、あやつは膝が悪かったじゃろ。きっと、鹿猟にも参加できないんじゃ」

「えっ」

それは心底驚いた。

「なんじゃ、気がつかんかったのかや」

顔を上げて鼻を啜り上げるホロに問われ、間抜けを晒すようにうなずく。

「村の人たちに取り押さえられようとしても、振りほどいてたのは？」

「左足だけで踏ん張っておった。馬に一人で乗れぬというのも、乗り降りが危ないからじゃろ」

ホロは目じりを自分の手で拭っていた。

そんなホロの様子を見るともなしに見ながら、ラーデンのことを想像した。今なお大きな体と膂力を見れば、若い頃がどれほど力に満ちていたか容易に思い浮かぶ。

ロレンスでさえ、たとえば酔いつぶれたホロを運ぶ時に体の衰えを感じ、ひどく寂しくなるし、老いというものを実感することがある。

ならばこれまでの人生を、体の頑丈さで切り開いてきた者ならば、その衝撃は一入だろう。膝が痛く、作業に支障が出ている中、養殖の魚が全滅してしまう。膝のせいもあってか、養殖の再起は思うようにはいかない。とどめとばかりに、村人たちが軽くこなしてしまう鹿猟にも参加できないとなったら、その心境やいかに。

椅子に座っていてくださいと告げられるラーデンの姿は、想像すればあまりに痛ましかった。

魚の養殖に執着する理由は、故郷の海のことがあるからなんかではない。

ラーデンは、手のひらからこぼれ落ちていく水を、必死にこぼすまいとしているのだ。

かつて自分が村の中心だった時、空を支える巨木であった時の思い出を。

それが今は、己の信念を支えてくれた膝でさえ、言うことを聞いてくれない。

そして、これからもっと体は衰えていく。村での役割は減っていく。

ラーデンは時の急流に飲み込まれ、溺れようとしているのだ。

「居場所がなくなるかもというのは、怖いことじゃ」

ホロは広い世界で、ただ一人残される恐怖を知っている。必要とされなくなる残酷さを知っている。

そんなホロが、ロレンスを見た。

泣いているかと思ったら、笑っていた。

「理屈の堂々巡りをするぬしを、わっちはたわけじゃと言ったがのう」

ホロはもう一度、笑顔のまま鼻を啜り上げる。

「わっちも本当は教会ですぐ気がつくべきじゃった。でも、できんかった。なぜならのう」

ホロははにかむような笑みになって、言った。

「ぬしはわっちに居場所をくれた。甘やかされて、そういう悲しいことをすっかり忘れておった。湯の溢れる、実に居心地の良い場所じゃからな」

屈託のない笑顔だけに、ロレンスは余計に胸が締めつけられる。

自分はホロにたくさんのことをしてやれていると実感できた。

けれどそれでさえ、ホロの孤独を永遠に癒すことはできやしない。

この時間を止められるようにと願って、ホロの華奢な体を強く抱いた。

そしてロレンスの口をついて出たのは……憎まれ口だった。

「ついでに酒も飯も出てくるし、言うことなしだろ」

ホロの狼の耳がぴんと立ち、腕の中で身じろぎする。

「たわけ！　わっちゃあ真面目に──」

「だからだよ」

怒るホロを抱きしめたまま、胸中のざわめきをどうにか押さえつける。

そしてホロを腕から離し、その鼻の頭をつまんだ。懸命に、悪戯っぽく笑いながら。

「お前の気持ちを正面から全部受け止めたら、今すぐお前に一切合切貢ぎたくなってしまう。そうしたら、一年後の酒代がなくなってしまうだろ？」

ホロの気持ちは巨大な酒樽に似ている。少しずつ小分けにしないと、すぐに飲みすぎ、酩酊し、頭から樽の中に落っこちてしまう。

「エルサさんからは、家計の大事さも学んだばかりだしな」

その名を出すと、ホロの顔が面白いくらいに不機嫌そうになる。

「そもそもここ何日か飲みすぎだってのもあるが」

ホロはいよいよ唇を尖らせる。

「金は使っておらぬ」

町の困難を解決したということで、確かに酒場に行けば誰かしらが酒の差し入れをしてくれる。とはいえ飲みすぎの自覚はあるらしく、ベッドの上に足を上げ、膝を抱えるようにしてそっぽを向いてしまう。

ロレンスはため息交じりに笑い、言った。

「お前が酔いつぶれてたら、その間、寂しいじゃないか」

ホロは呆気に取られたように口を半開きにして、ロレンスのことを見つめていた。

そして、固まっていた顔が緩んでくると、嬉しさを噛み殺すように、口の片方を吊り上げ気味にした。

「……たわけ」

「たわけだとも」

「まったく、これじゃからぬしは──」

「いつまでも可愛い男の子なんだよ」

間抜けだなんだとホロに言われるので、自分からそう言ってやる。

先手を取られたホロは悔しそうに、けれども嬉しそうに笑っていた。

「理屈じゃないよな」

自分が間抜けなのもそうだが、ラーデンの話だ。

理はスルトのほうにある。

だが、理屈ではどうにもならない感情が、ラーデンにはある。

「んむ。問題はあやつの不安じゃ。あの大木も、本物の大木ではありんせん」

それはホロの真の姿が見上げるばかりに巨大な狼で、人など簡単に丸呑みにできるものだとしても、ホロの心までが分厚い毛皮で覆われているわけではないのと同じこと。

彼らがすれ違ったままにしておくのは、パスロエの村にホロを一人残してくるようなものだった。

「だが、どうしたらいい？」

ロレンスが独り言のように呟くと、ホロがロレンスの頬にそっと触れてくる。

「ぬしが用意してくれたニョッヒラの湯屋で、たくさん見ておるではないか」

「ニョッヒラで……ああ、貴族の代替わりか」

親子二代でやってくる貴族たちの話。権力にしがみついて離れたくない者たちを、困った人だと思っていたこともある。

けれども、彼らが自分の居場所を失う恐怖におののいていたのだとしたら、今はいくらか優しくできる気がした。

「代替わりの儀式は、まずは功績を褒めまくるのが定番だったよな」

「感謝の言葉はいくら向けても、向けすぎることはないからのう。理に適っておる」

そういうことだったのか、とロレンスは今更ながらに学ぶ。ニョッヒラにいた頃は深く考えることもなかった。

「じゃあ、ラーデンさんの功績とは？」

問うまでもなく、なにもなかった山間に池を作り、魚を増やし、人々の腹を満たしたこと。

けれどそれならば、本当に感謝を示すとなると、養殖の再開に向けて村を挙げて全力を尽くすことになる。資源と労力に限りがなければそれでもいいのだろうが、スルトたちは鹿にまつわる仕事をようやく安定させたということだった。

それを放り出し、不安定な養殖に戻るというのは、危険ばかり大きいことになる。

なにかもうひとつ、別のことで感謝を示せないか。

ラーデンが費やしてきたものすべてを輝かせる、なにかだ。

「あの大木は、生まれ故郷の海で宝石を採っておったんじゃったか。ほれ、ミューリが好きな吟遊詩人の物語で、そういう落ちの話があるじゃろう?」

「それってあれか？　池の魚は確かに村の人たちにとっての宝石でした、めでたしめでたし……みたいな演出ってことか？」

「……言われてみると、なんとも安っぽいのう」

ロレンスは唸り、ふとテーブルの上に聖典の抄訳が乗っていることに気がついた。

「そういえば、ラーデンさんは聖典の一節を覚えていて、山間に池を掘ったって言ってたよな」

「魚を増やす話じゃったのう」

どうせなら肉にすれば良いのに、とかホロは適当なことを言っていたが、ロレンスは少し手を伸ばして抄訳を手に取る。聖典丸ごとの翻訳ではなく、よく目にする説話に絞って訳されたものらしい。それはコルが眠気をこらえ、玉ねぎをかじりながら毎日勉強し、積み上げてきたものの成果だった。

ぱらぱらとめくれば、ロレンスも知っている喩え話がいくつもあり、魚の話ももちろん載っていた。そして食べ物と絡んだ話は受けがいいものなのか、いくつか似通った説話が収録されていた。

俗語で書かれていると、こんなふうに簡単に読めるものかと改めて驚く。苦労して教会文字を覚えたことが馬鹿らしく思えてくる。

そうして頁をめくっていたら、ロレンスは目に飛び込んできた一文に心を奪われた。

「そういえばぬしよ、海の宝石といえば……む、どうしたかや？」

ホロが怪訝そうにこちらを覗き込んでくる。

ロレンスが視線を手元の冊子に向ければ、ホロは目を眇めて文字を読み、たちまち尻尾を膨らませていた。

「ほほう、ほう！」

「これ、どうだ？」

ホロに尋ねると、ホロはロレンスが驚くくらい嬉しそうだった。

「わっちも今まさに気がついたことがありんす。まるでぬしがその一文を見つけてくれるのを待っておったみたいなことじゃ」

「へえ？　どんな？」

以心伝心、なんていう言葉もある。

もったいぶったように口をつぐんで見せるホロは、にやりと牙を見せて笑ってから、言った。

「珊瑚じゃ。海の樹木と言ったじゃろ？」

「ああ。それが？」

「では、村の連中が捕まえておるのはなんじゃった？」

「それは……ああ！」

鹿。

その頭には、樹木のような角が生える、森の民。

「それと、ぬしはほれ、あの臭い粉を売りつける話で言っておったじゃろ」

ニョッヒラで採れる硫黄の粉は、湯に溶けば温泉気分が味わえる代物だ。

町の人たちに粉が売れ、彼らは祭りの気分に浮かれて、こうも言っていた。

穴でも掘って温泉を作ろうか、と。

「村の連中がこれまで生きてこられたのは、あの大木のおかげでありんす。鹿の猟に目をつけたのは誰かの慧眼でも、それまで連中の腹を満たしたのは間違いなく大木の魚じゃ」

「だったら池の中に鹿の角を沈めて、言えるよな」

あなたの作った池は、確かに宝石で満ちていました。珊瑚のような、故郷の村ではついに手に取ることの叶わなかったものではなく、現実に手にできる物として。

「それで、仕上げがこれかや」

ホロは聖典を示して言う。

そこには、神が未来の聖者に信仰を授ける、有名な場面が記されていた。

「ラーデンさんが司教になってくれないと意味がないからな。でも、これならいけると思う」

スルトたち村民とラーデンは、今でこそ互いに向いている方向が違ってしまっているが、それは彼らが本当に望んでいることではない。彼らはもっと先まで、ずっと素晴らしい未来まで、共に歩けるはずなのだ。

ロレンスとホロが、二人でニョッヒラにたどり着いたように、この先も楽しい毎日を送れるはずであるように。

「スルトさんたちはラーデンさんに感謝を示せるし、ラーデンさんには新しい役目を担って欲しいと伝えられるはずだ」

「ついでにあれじゃや」

ホロは、すっかり涙の乾いた顔で笑った。

「うまい鱒もそのうち食えるかもしれぬ」

ロレンスはホロの食い意地に笑い、そうかもな、と答えたのだった。

ロレンスはホロとひとつの結論に達したが、あくまで推測にすぎない。

ラーデンの気持ちを確かめずに話を進めては、またこじれてしまうかもしれない。

そこで翌日、朝から教会に出向き、エルサに相談した。このままでは埒が明かないというのもあり、エルサはそれでいってみましょうと賛成してくれた。

そういうわけで、いざラーデンの気持ちを確かめようとなったのだが、ラーデンが滞在する部屋の前で、ロレンスはホロに止められた。

「わっちだけのほうが良いと思いんす」

「ええ？」

「男の子の繊細な部分の話じゃろうが。そういうのはな、わっちのような可憐な相手にじゃったら、打ち明けられるものでありんす」

むしろ呆れられるように言われてしまう。

それでも不満げにしていたら、後ろからエルサに肩を叩かれる。

「お任せしましょう」

「……」

エルサに言われたら、言うことを聞くしかない。

今度はそのことにホロがやや不満そうだったが、ホロはふんと鼻を鳴らして気を取り直すと、ラーデンの部屋に入っていった。

「大丈夫ですかね……」

ラーデンを怒らせないだろうか、とロレンスが不安を口にすれば、エルサは肩をすくめた。

「ホロさんは、こういうことに関してはしっかりしてるんですよね」

それでなぜ普段はあんな自堕落なのか、とエルサは呆れていた。

そうして待っていたのは、さほどの時間でもなかった。

ほどなくホロが出てきて、得意げににやりと笑う。

「ほれ、次は村長じゃ」

うまくいったということだろうが、ラーデンの様子が気になる。

扉のほうを窺っていたら、ホロに頬をつねられた。

「ぬしのそういうところが気が利かぬというんじゃ」

そっとしておくべき、ということだ。ロレンスは頬をさすりつつ、最近はあまりに自堕落で忘れがちだったが、賢狼なのだものな、とホロを見直した。

そして、スルトへの提案は、ロレンスも同席したし、サロニアの司教とエルサもいた。

スルトは説明を聞くと目を見開いて驚き、顔が青ざめるくらい、息をするのも忘れていた。

まずはラーデンがそんな弱気なことになっていたとは気がつかなかった己の不明によって。

もうひとつは、自分がよかれと思って休みを勧めていたことが、ラーデンにはのけ者にされるように映っていたなどと、露ほども思っていなかったために。

それはスルトが鈍いというよりも、それくらい、全身全霊でラーデンを慕っているのだろう。他の村民も似たようなものだったし、なによりこのままでは自分たちの感謝の念が誤解されたままになってしまうと、ほとんど絶望していた。

そこにロレンスがラーデンに感謝を示すための催しごとの説明をすると、十年ぶりに雨が降った砂漠の民のような顔をしていた。

ラーデンの気持ちを知ったスルトたちは、もはや司教の件は二の次で、感謝の気持ちを示すことだけを最優先にしていた。

村の池で計画を実行する案も出たが、ばしゃばしゃと人が出入りして、鹿の角を沈めるというのは少しでも養殖の可能性を考えるなら良くないということ、それからこういうことはもっと賑やかに派手にやるべきだとホロが主張して、サロニアの町でやることとなった。

それに実際にラウドのように、ラーデンのおかげで飢えをしのげた世代が町にはたくさんいる。ロレンスがラウドにこの話を持ち掛ければ、たちまち穴掘りの人足は用意しようと請け負ってくれた。

そして、ロレンスはそこに商人としてのずるがしこさと、湯屋の主人としての思惑を忍び込ませた。

「即席の池を温泉にしろって?」

硫黄の粉を売るつもりだな、ともちろんラウドはすぐに気がついて、そんな目つきでロレンスを見やる。

「ラーデンさんは膝を悪くしておいででしょう。どうして湯治が年経た皆さんに人気かご存知ですか？」

その問いに、ラウドは目をぱちくりとさせた。

「そりゃあ、効くからだろ？　俺も噂は聞くよ。万病に効くって」

「実感として、大袈裟ですね。でも、確実に効果を実感できることがあります」

商人はもとより好奇心が旺盛だ。ラウドが興味津々に、身を乗り出す。

「湯の中なら、体が浮くでしょう？　若かった頃のように体が動くんですよ」

ラウドは感心したようにうなずいていた。

「そしたらまあ、是非ラーデン様には体験して欲しいなあ……けど」

と、ラウドは咳ばらいを挟む。

「穴掘って温泉にして、祭りの最中に催しをやるんなら、当然、各方面への根回しが必要だ。硫黄の粉をたっぷり購入するよう推薦するから、仲介料でこんな感じはどうだい」

ラウドが腰帯の中から算盤を取り出し、珠をはじく。

ロレンスは少し珠を戻して、笑顔を向ける。

「むう……まあ、仕方ないか。こっちは即席の温泉に合いそうな酒でも仕入れるか」

ロレンスとラウドは握手をして、契約とする。その様子を見ていたホロと目が合うと、呆れたように肩をすくめられた。

珊瑚に見立てる鹿の角は、ボームが馬を駆って村に取りに戻った。ついでに村の人たち全員に、町に来るようにと告げに行く役目もある。

それから、ロレンスは湯屋の主人ということで、川の近くに掘った穴にレンガを敷き詰めたりといった采配に駆り出され、作業に忙しかった。ホロは少し離れた場所に敷物を敷き、のんびり酒を啜りながら見物して、たまにペンを手に取ってはお気に入りの日記に出来事を記していた。

二日目からはラーデンも姿を見せて、手伝いたがるのを村人が止めるという場面もあった。元来、体を動かしていないと落ち着かない性格なのだろう。ロレンスはそんなラーデンに、槌で穴の底を固める作業をお願いした。これならば膝をかばいながらでもできるし、ラーデンは素晴らしい働きぶりだった。

そうして大市もいよいよ終わり、祭りに移ろうかという日になった。

サロニアの司教が仕切り役となり、サロニアのみならず、近隣の人々の食卓に忌まわしき鰊以外を載せ続けてくれた功労者を称える、という名目による小さな祭りが開かれた。

掘られた池には沸かした川の水が入れられ、ロレンスの硫黄の粉もたっぷり入れられていた。

そんな池を前に、まずは村の子供たちがそれぞれ役を受け持ち、ラーデンがラーデリという遠方の国からこの地にまでやってきた経緯を演じてみせた。ボームはラーデンがサロニアの地を踏むところまでを受け持っていた。

　そして話は、現在のラーデンに繋がってくる。

　照れ臭いのだろう、顔を赤くしたまま、むっつりと黙り込んだラーデンの前に、スルトが膝をつく。

「さあ、ラーデン様、こちらを」

　そうして手渡したのは、教会の紋章を組み合わせて作った鉤爪だった。

「あなたの信仰によって、池から宝石を引き上げてください」

　ラーデンは今にも怒鳴り出しそうな顔をしたが、それは涙をこらえるために顔に力を籠めすぎたからだ。ラーデンはそのままスルトの手から教会の紋章で作った鉤爪を手に取り、立ち上がる。

　膝の不調を思わせない、力強い立ち上がり方だった。

　しかし、ラーデンは歩き出す前に、スルトを見て言った。

「膝が悪いのだ。肩を貸して、杖となってくれるか」

　スルトは目を見開いてうなずいたし、自分も自分もと村人たちが押し寄せた。

　そして、ラーデンは皆に囲まれながら、鉤爪を湯の中に放り込む。かつて故郷の海では、毎日朝から晩までこれを繰り返し、なお三年間にわたって一度も珊瑚は採れなかったという。

　しかし、湯の中にはたくさんの鹿の角が沈んでいる。

ラーデンの旅路の果てに守られた、たくさんの人々の生活の証だ。

「おお、神の奇跡をご覧あれ！」

サロニアの司教が、こういう時はしっかりと司教らしく雄々しく口上を述べ、池のほとりに鹿の角が引き上げられる。割れんばかりの歓声と拍手が鳴り響き、教会の鐘まで打ち鳴らされる。ラーデンは感極まった顔で、スルトたちに礼を言おうとする。

だが、それはまだ早い。

「ラーデン様」

そう言って現れたのは、お祭りのさなかにあっても硬い表情を崩さない、神の僕の中の僕たる、エルサだ。

「こちらを」

恭しく手渡したのは、コルが訳した聖典の俗語翻訳の抄訳であり、とある頁が開かれている。

「これは……」

戸惑うラーデンの前に、ボームが現れる。

肩には妙なものを担いだままで。

「ラーデン様！　こちらも！」

ボームが乱暴に手渡したのは、網だ。養殖で使われていた漁網だった。

聖典の冊子と漁網を手に、ラーデンはまごついている。

そこにサロニアの司教が素知らぬ顔で現れ、言った。

「敬虔なる神の僕、ラーデンよ。聖典にちなみ、神の言葉を汝に告げるものである」

ラーデンは、大きく息を吸って言葉を待った。

「汝は魚を獲る漁網を置き、これからは、人を捕る漁師になる……のはいかがかな？」

神の教えを広めた伝説的な聖者に、神が告げたと言われる文句だった。

聖典では命令口調だが、ラーデンに命令するのはちょっと違うし、なによりサロニアの司教みたいな人物には、実にその言い方が似合っていた。

司教の言葉に、ラーデンは咳き込むように笑い、背中を丸め、聖典の冊子と漁網を胸に抱いた。

「神の……お導きのままに」

固唾を呑んで見守っていたスルトたちから歓声が上がる。

そして、全員でラーデンの大きな体を持ち上げる。

事態を察したエルサが、さっと聖典の冊子をラーデンから受け取った。

ラーデンは目を覆って笑いながら、されるがままになっていた。

「さあ、伝説の温泉郷、ニョッヒラの湯ですぞ！」

ラーデンは湯に放り込まれ、しぶきが上がる。これならもう、泣いたってわからない。

次いで楽師たちが楽器を奏で始め、酒や食事が振る舞われた。

喜びに沸いて湯の中で笑い合う村人や、恐る恐る湯に足をつけて楽しむ女性たちに、ロレンスは年甲斐もなく目を潤ませていたら、腕を叩かれた。

「ぬしよ、飯と酒が足りぬ」

早速羊の串焼きを咥えているホロが、右手を差し出してくる。

ロレンスは肩をすくめ、その右手を握る。

ホロは姫のようにつんとしたまま、ロレンスと手を繋いで隣に立つ。

そこはホロの定位置であり、ホロが時の流れの中で一時でも休むことのできる、大切な場所だった。

ホロはそんなお気に入りの場所から、ロレンスを見上げてこう言った。

「ぬしもわっちのために、たっぷり小銭を捕る漁師になってくりゃれ？」

ロレンスはなにかを言いかけ、一度やめて笑い、ゆっくりとため息交じりに返事をした。

「はいはい。仰せのままに」

ホロはロレンスを見上げ、にっと牙を見せて笑う。

サロニアの町は、一足早いお祭り騒ぎ。

賑やかな町の人出の中に、幼な妻に頭の上がらぬ元行商人が交じっていたと、年代記に書かれていたりいなかったりしたのだった。

狼と実りの夏

幕間　これはまだ、コルとミューリが旅立つ前の湯屋のお話

◇◇

温泉郷ニョッヒラといえば冬の逗留だが、夏は夏で人気がある。

山奥に位置するのでそもそも涼しい気候だし、熱い湯に浸かった後は、冬の間に氷室に溜め込んだ雪でキンキンに冷やした麦酒や葡萄酒が飲めるとなれば、罪深い酒飲みたちには抗いがたい誘惑となる。とはいえ冬に比べたら人も少ないし、楽師や踊り子も夏の間はそれぞれの縄張りでの興行に忙しくて姿を見せない。おかげで夏のニョッヒラはそこそこ客がいて、ほどほどの賑やかさというとても良い季節となる。

湯屋〝狼と香辛料亭〟も、客たちが連れ立って泊りがけの釣りに出かけてしまったこともあり、朝から静かなものだった。

「くあ～……」

と、大きなあくびをしているのは、客たちを釣りに送り出すや、暖炉の前にお気に入りの敷物を敷いて、薄手の毛布を肩に掛けて犬のように丸まっているホロだ。いつもは人目があるた

めに窮屈そうに隠している狼の尻尾を、ご満悦な様子でぱたぱたとさせつつ、静かに寝息を立てている。暖炉の中では丁寧に灰を被せられた熾火が柔らかな温かさを湛え、涼しい夏のニョッヒラには絶妙な心地よさとなっている。もちろんホロの側には、目を覚ました時に舐める用の酒が置かれていた。

毎日を自堕落に楽しむことにかけては余念のないホロに、湯屋の主人であるロレンスは小さく笑ってしまう。ロレンスは開け放たれた木窓から外を眺め、細々とした仕事は明日でもいいか、と思い直す。ホロを見習い、この平和な時間を楽しむことにしよう、と。

そう思ってホロの側に腰掛け、綺麗な亜麻色の髪の毛と一緒に狼の耳を手で梳くようにすると、ホロは少しうるさそうに目を開けてから、ロレンスの膝に顔を乗せてくる。

そしてホロの尻尾がもう一度、満足げに揺れる。

こんな時間が永遠に続けばいい。

そう思った直後だった。

けたたましく宿の扉が開けられるのと同時に、少女の元気いっぱいな声が響き渡る。

「大変！　大変！　すっごいお話聞いてきた！」

それからどたばたという足音に床が揺れ、少女はさらに大声で叫ぶ。

「兄様ー！　どこー！　にーいーさーまー！」

声の主は娘のミューリだ。ついこの間、その成長を祝っておめかしし、親しい人々を前にお披露目したばかりだというのに、相変わらずお転婆気質が抜けないのだった。

「……なんなんじゃあのたわけは……」

見た目こそ娘のミューリと瓜二つだが、御年数百歳のホロは、不機嫌そうにそう言った。

「すごい話を聞いてきたとか言ってたな。またなにか悪戯でも企ててるんじゃないのか？」

「それにしては、コル坊を呼んでおったな」

ロレンスとホロが出会い、旅をしていた頃に知り合ったかつての少年コルは、今ではすっかり湯屋の屋台骨を支える大事な要員であり、今ではミューリに兄と慕われた本当の家族のようだった。

「悪戯するならコルの奴を呼ぶのはおかしいか……」

しかしあの慌てよう、とロレンスが嫌な予感に眉根を寄せていると、ホロが横着して寝転がったまま酒に手を伸ばす。

それから、不意に狼の耳を立てると嫌そうなため息をつく。その理由は、ほどなく判明した。

「母様！　父様！　どこー！」

叱られてばかりのミューリが自分たちを呼ぶのは珍しいが、ろくなことではあるまいと、ホロのため息が重々しかった。

　昼を前にして、ロレンスは肉の腸詰が詰まった袋と鍋、それに大きな麻袋をたたんで背中に括りつけていた。隣に立つコルはパンの詰まった袋と、奇妙なことに聖典を小脇に抱えていた。

「いってらっしゃいませ。お土産期待しておりますよ」

　今朝方釣り客を見送ったのとまったく同じように、炊事場を預かるハンナがロレンスたちを送り出してくれた。

　そんなハンナに元気よく返事をし、手を振ってから駆け出すのは娘のミューリ。その後を追うのは面倒臭そうな顔をしつつ、それなりに楽しそうなホロで、その後に荷物を背負った男連中が続く。

「コル……せっかくの休日にすまないな……」

「いえ、ロレンスさんこそ」

　お互いにそんなやりとりをしていたのだが、こんなことになったのはもちろんミューリのせいだった。

「山に悪魔が出た？」

　目をらんらんと輝かせ、銀色の狼の耳と尻尾をわささせたミューリは、そんな話を聞きつけてきたのだ。どうやらあまり人の入らない山に探検に出かけた村の子供が、血相を変えて戻ってきたのだという。

「山は母様の縄張りでしょ？　悪魔がいるなら退治しなくちゃ！」

冒険譚が大好きなミューリはそんなことを言って、拾ってきた木の枝をびゅんびゅん振り回していた。ロレンスとコルは顔を見合わせて、年頃の娘がはしたないといつものお説教をしようとしたのだが、意外にも口を挟んだのがホロだった。

「こないだ雨が降ったじゃろ。山の中は茸がよく実っておるはずじゃ」

湯屋で最も発言力があるのは主人のロレンスではなく、ロレンスを尻に敷くホロだ。

そんなわけで、ついでに茸狩りにでかけることとなった。

「兄様！　父様！　早くー！」

山の道なき道を、ミューリは飛ぶように駆けていく。ホロも慣れたもので、羽のような軽い足取りだ。さすがは狼母娘というところだが、ロレンスとコルは生身の人間なうえに、荷物を背負わされている。

息を切らしながら追いかけていくので精いっぱいで、たちまち山の中で方角を見失う。

「あいつらの機嫌を損ねたら……山の中で暮らす羽目になるな……」

「ははは……」

乾いた笑いのコルに、ロレンスは言った。

「しかし、悪魔ってなんなんだ？」

ミューリが宿に駆け戻るなりコルを呼んだのには、それなりの理由があるらしい。コルは教会法学を学んでいた時期があり、今でも聖職者になる夢を抱いて学び続けている。

そんなコルなので、悪魔退治にぴったりだとミューリは思ったらしい。

「なんでしょうね……。夜中の肝試しなら、鹿や兎を見てもそんな勘違いをしそうですけれど」

「うーん……おっと、目印だ。村の子供たちがつけてたのかな」

山に入る大人たちが使う道は、それなりに安全が確保された山道だが、腕白な子供たちの冒険心は道なき道の先にこそある。

「この辺は狩りの時でもあまり来ませんね」

「遠くないといいんだけどな……」

ロレンスは荷物を背負い直し、気ままな狼たちの尻尾を追いかけた。

それからしばらく進むと、対照的な毛色の尻尾がようやく動きを止めた。

「ふう……この辺か？」

「うん。多分」

荷物を持っていないとはいえ、ミューリは汗ひとつかいていない。早速酒をねだるホロのために革袋を出しながら、ロレンスは尋ねた。

「悪魔ってなんなんだ？　熊かなにかか？」

「ええ？　悪魔は悪魔だよ！　大体、熊なら見間違えないでしょ」

確かに村の子供たちなら動物を見間違えることもあるまい。だとすると、悪魔的な格好をした隠遁者か。人里離れた山の中には、時折人の世で暮らせない者が紛れ込むのだ。

「人の気配なんてあるか？」

革袋から葡萄酒を飲んでいたホロに尋ねると、その耳がぴんと立つ。

「あったらあのたわけも気がつくじゃろ」

唇の端についた葡萄酒をロレンスの服で拭い、ホロは大きく伸びをした。

「ふむ。しかし良い場所ではないか。湯屋からさほど離れずとも、まだまだ良い場所はあるようじゃのう」

山に入るのは動物を獲るか食べ物を採るかのどちらかで、そういう場所は限られている。

「じゃあ、村の子供らはなにを見たんだ？」

ロレンスの問いにホロは答えず、革袋をロレンスに押しつけると、娘のミューリの後についていった。すっかり冒険のつもりで先頭を行くミューリの後ろで、ロレンスとコルはホロの指示で見つけた茸やらキイチゴやらを摘むのに忙しかった。

鍋を持ってきたのも、昼ご飯に茸鍋をしたいと湯屋の女王様が仰せだからだ。

それなら鍋をしたい者が荷物を持つべきでは……という正論を口にすれば、きっとロレンスだけ山に置いていかれることになる。そんな折り、ミューリが立ち止まっていることに気がついた。どうやらずいぶん大きな樹にでくわしたらしい。全身を苔に覆われ、根っこのあたりは大きな熊が十分暮らせるような洞になっている、歳経た巨木だった。

「これは立派だな」

ぽかんと樹を見上げるミューリをよそに、ホロが言う。

「この辺で飯にでもするかのう」

森の木陰から見れば、確かに太陽は最も高いところを過ぎてだいぶ経っている。さっさとしないと帰る頃には日が暮れてしまう。

ロレンスたちが荷物を下ろすと、ミューリがはっと我に返ったように振り向いた。

「えー、悪魔はまだ見つけてないよ⁉」

「村の子供たちの言うことだろう？　からかわれたんじゃないのか」

ロレンスの言葉に、ミューリはむうっと頬を膨らませていた。

「わかったわかった。ご飯を食べたら父さんと一緒に探しに行こう」

「え～……」

今すぐにでも冒険を再開したそうなミューリは、ふてくされた様子で唇を尖らせる。そろそろ嫁入りのことも考えなければならない年頃だというのに、子供のまんまなその様子に、ロレンスは呆れるやら、なにかほっとするやらだった。

娘の成長を嬉しく思いつつ、自分の手から離れていってしまう寂しさに襲われる昨今なので、ロレンスはミューリの手を取って、「ほら先にご飯にしよう」と声をかける。

ミューリは渋々と従おうとして、不意にあらぬ方向を見た。

「……」

いや、正確にはミューリの狼の耳と鼻が小さく動いていた。

獲物に狙いを定めた若い狼。そんな様子のミューリははっとするほど凜々しく、美しかった。

そして、ホロにはない若々しい輝きに満ちたミューリは、巨木を回り込むように急に駆け出した。

「ミューリ⁉」

ロレンスが慌てて追いかけて巨木の根っこを回り込めば、そこにミューリが立っていた。

そして、ロレンス譲りの銀色の毛並みの尻尾を、見たこともないくらいに逆立てていた。

「いっ……」

「え？」

立ち尽くしたミューリと、何事かと駆け寄ってくるコルの足音。

その瞬間、巨木が裂けたのかと思うような悲鳴が響き渡った。

「ぎゃあああああ！」

ミューリは尻尾の毛がすべて抜け落ちそうなくらい悲鳴を上げ、踵を返して駆け出した。

なにかとんでもない物を見つけてしまったらしい。

が、とにかく最愛の娘のこと。年頃になってからというもの、どうもよそよそしい娘のミューリを抱き止めるべく両手を広げたロレンスの、その脇をミューリが通り過ぎていった。

「兄様ぁー!」

「わっ、どうしたんですか」

「兄様、兄様! 悪魔! 悪魔がっ!」

ロレンスの後ろで、コルに抱き着いたミューリが涙声で叫んでいる。

コルはミューリをしっかりと抱き止めて、怯えるミューリをなだめている。

美しき兄妹愛、というところなのだろうが、ロレンスは広げた腕のやりどころに困っていた。それに、もはや頼るのは父ではないのか、とも。

がっくりしていると、さくさくという落ち葉を踏む音がした。

下から意地悪そうに笑いながら見上げてくるのは、ホロだ。

「たわけ」

にっと笑うと、中途半端に広がったままのロレンスの腕を取り、身を寄せてくる。

それから、なんでもお見通しの賢狼ホロは、ロレンスの腕を引いて歩き出す。そこは先ほどミューリが立ち尽くしていた場所で……と、ロレンスはびくりと足をすくませた。

地面から、悪魔が外に出ようとしていたのだ。

「おっ、わっ」

さしものロレンスも動転し、危うくひっくり返りそうになる。地面から突き出ていたのは真っ青な死人の手であり、それも化け物のように爪が長く、尖った、不気味な指だったのだから。

「こ、これは、お、おい」

まさか本当に山の中から悪魔が出てくるなど思いもしない。ロレンスが息を呑む横で、ホロはロレンスの腕を離すと、しゃがみ込んで悪魔の指に手を伸ばす。

そして、少し強めに押したら、ぽきりと折れた。

「たわけ。茸じゃ」

「……え?!」

呆気に取られるのをよそに、ホロは肩を揺らして笑っていた。

「くっくっく……茸に腰を抜かそうとはのう?」

ホロは意地悪そうに笑い、手を払って立ち上がる。

「とはいえ、わっちも昔、森で見かけて、人が埋まっておるのかと掘った思い出がありんす」

「……そ、そうなのか?」

「死人の指にそっくりじゃからな。確か、そのまんまの名前で呼ばれておった気がするがのう」

ホロにつつかれて一本折れてしまったが、今なおそれは真っ青な悪魔の手にしか見えない。

「まあ、こんな綺麗に人の手のようになるのは、なかなか珍しいかもしれぬが」

慰めているのかそんなことを言うホロだが、ロレンスはふと気がつく。

「お前、最初からわかってたのか」

「さあてのう？」

ホロは肩をすくめ、振り向くと再びロレンスの手を取って歩き出す。

「ほれほれ、飯にしんす。人がまだ入っておらぬから、茸は大きくて採り放題じゃ。飯を食ったらハンナのために茸をたんと採らねばならぬ。酢漬けに塩漬け、干物も楽しみじゃな」

浮き浮きした様子のホロに呆れ、同時に笑ってしまう。

それはあるいは、知り尽くしたと思っていた世の中なのに、まだまだこんな不思議なことがあるのだなという嬉しい驚きだったのかもしれない。

「しかし」

と、ロレンスは思う。鍋の側でミューリを膝に乗せながら、器用に食事の準備をするコルを見やり、喉の奥で唸る。コルにしがみつくミューリは、コルに懐きすぎではなかろうか。

なにやら落ち着かぬ焦燥感に苛まれていると、ホロに袖を引かれた。

「どうしたかや？」

ホロを前にミューリのことでやきもきしていたら、またたわけだなんだとからかわれる。

父として夫として、威厳のある態度に努めなければ。

「いや、別に」

「ふむ？」

賢狼はなんでもお見通しのような笑みを浮かべつつ、それ以上の甘噛みはなかった。

それから火を起こし、鍋（なべ）でたっぷりの茸（きのこ）を茹（ゆ）で、帰りはどっさり茸（きのこ）を採った。

ニョッヒラは夏の季節。

涼（すず）やかな風が日差しを和（やわ）らげる、良（よ）い季節なのだった。

狼とかつての猟犬のため息

かつては農村が点々としていただけの平原に、ある日神から遣わされた聖人が庵をこしらえた。神の愛に飢えていた民が庵を訪れ、やがて人々の交流が生まれ、商人が引き寄せられた。いつしかなにもなかった平原に、庵を中心とした市が立つようになり、ついには町となった。

大まかにはそんな創建神話を持つサロニアだったが、真実のところは正体の怪しい人物が口八丁で住み着いて、時流に乗って発展し、町としての体裁を整えていったのだろう、というのが知り合いの行商人の弁だった。その話を聞いた女司祭エルサは、さもありなんと思いながら、はちみつ色の目でサロニアの賑やかな様子を見渡したものだった。

エルサは元々サロニアからはずいぶん離れた村で暮らしていたのだが、今はそこに家族を残して各地の教会を回っている。どこの教会も世の流れに翻弄され、体勢を立て直すのに四苦八苦しているため、エルサのように実務能力に長けた人物が必要とされているのだ。エルサは教会のためになるならばと請われるままに移動しているうち、こんなところにまでやってきていたから、もちろん信仰には篤いほうである。

ただ、サロニアの創建神話の裏側を聞いても冷ややかなのは、世の中には「本物」というものが少ないのを知っているだけのことだった。

そんなわけで、サロニアの町の教会がいまいち信用のおけない司教に率いられていても驚かなかったし、どうやらまたぞろ金銭を巡って一悶着起きている様を目の当たりにしても、小さなため息しか出てこなかった。

「なんじゃ、辛気臭い」

サロニアの町は、大市を締めくくる祭りに沸く真っ最中だが、そこだけはひっそりとした路地にある居酒屋の軒先でエルサが昼食をとっていると、聞き慣れた声がして顔を上げた。

「奇遇ですね」

エルサの言葉に返事をせず、座っていいかどうかも確認せず対面に座り、慣れた様子で店の主人に注文を出しているのは、亜麻色の髪の毛が映える歳若い少女だ。

とはいえその見た目に反して妙に世慣れた雰囲気なのは、その少女のような見た目が仮の姿であり、真実のところ数百年を生きる狼の化身であるからなのだが、エルサはこのホロを見やるたび、狼という存在の印象が自分の中で変わっていくのを実感する。

それがいいことなのか悪いことなのかわからないが、どういうふうに変化しているかをこの狼の化身が聞いたら、きっと怒るだろうとエルサはわかっている。

「ぬしがこんなうらびれた悪い場所におるとは意外じゃな」

主人が運んできた葡萄酒と、肉やら野菜やらがごろごろ入ったごった煮の器を受け取り、ホロが言った。

「まさにその煮物がおいしいんですよ。それに、静かですからね」

「そういえばぬしは気取った教会の手先ではなく、小さな村の小娘じゃったのう」

子供が三人もいるのに今更小娘と呼ばれるのは逆に面映ゆいが、何百年と生きる狼の化身からすれば、初めて出会った十数年前というのは、ついこの間くらいの感覚なのだろう。

エルサはそんなことを思いながら、麦酒に口をつける。

「しかも昼から酒とは良いご身分じゃ」

「神でさえ週に一度は休まれたものです。私はなすべきことをなしていますよ」

普段から深酒やだらしのない生活をエルサにちくちく刺されているホロは、面白くなさそうに顔をしかめ、火がとおりすぎて固くなった鶏肉を、牙を見せながら軟骨ごと噛み砕いていた。

「こちらこそ意外です。ロレンスさんと一緒ではないのですか」

この麦の豊作を司るという狼の化身は、どういう神のお導きなのか、少し抜けたところのある行商人の男と夫婦になった。二人が結ばれる手助けをわずかながらでもしたエルサとしては、彼らの夫婦仲が良好なのは喜ばしいことだが、いかんせん暑苦しいほどに仲が良い。

あるいは仲が良すぎてまた喧嘩でもしたのかと思えば、若い見た目には不釣り合いな、年季の入った様子で肩をすくめたホロは、葡萄酒を啜りながら答えた。

「あのたわけは町で人気者でのう。朝からどこかに行ってしまいんす」

頭巾の下に隠された狼の耳が不機嫌そうに揺れていた。

案外人見知りで、そのうえ寂しがりな面もあるこの狼は、一人で町をぶらつくくらいなら、小言を言ってくる苦手な知り合いと卓を囲むほうがまし、とでも思ったのだろう。

「確かに立て続けに大きな問題を解決されましたものね」

最初はこのサロニアの町の人々を苦しめていた、複雑で莫大な借金の問題だった。大市の取引のためにやってきた商人たちが、そろいもそろって借りた金を返せない状況に陥っていたところを、銀貨の一枚も費やさずに多くの借金を消してみせたのだから、まさに魔法と言えるだろう。

それだけでも町の年代記に名を残すのに十分なところ、かつてはサロニアの飢饉も救ったことのある養殖池の開拓者を巡る問題まで解決し、最終的には広場に穴を掘って海に見立てた池で盛大な劇が演じられた。

今はそこに湯を張って、ニョッヒラから持ってきたという温泉の素を入れ、大人たちは湯に足を浸したり子供たちが飛び込んだりと、大市の賑わいに花を添えていた。

ただ、それらの問題を解決したロレンスの横には常にホロがいて、妙な迫力と酒の飲みっぷり、それに偉大なる商人クラフト・ロレンス殿の手綱を握る幼な妻として認識された彼女の人気もまた、高いはずだったのだが。

「ロレンスさんだけではなく、あなたもお酒のお誘いは多いのでは?」

ちょっと前には、大市を締めくくる祭りに供される酒の選定を任され、昼間から泥酔していたはずだ。

今は酒飲み相手に困るはずもなく、無類の酒好きなので誘いを断る理由もなかろうと思ったのに、エルサの対面に座るホロは顔を背けて疲れたような顔をしていた。

「ああいうのが楽しいのは最初だけじゃ」

「……構われすぎて辟易、というところですか」

尊大なようで寂しがり。けれどあんまり持ち上げられるのは嫌。この異教の神にはそういう面倒なところがあるのだが、それこそ神と呼ばれるような者たちの性格なのかもしれない。

エルサはぬるくなった麦酒を飲もうとして、ほとんどジョッキが空なことに気がついた。

昼ご飯も食べ終わっているので、そろそろ教会に戻ろうか。

そう思っていたところ、目の前ではホロが陰鬱そうな顔で葡萄酒を舐めているし、鶏肉をばりばり噛み砕いただけで煮物も全然減っていなかった。

挙句になにやら落ち着かなげに背中を丸めていれば、エルサにも察するところがある。

エルサの口からため息が出てきたのは、この賢狼とやらが出会った頃からなにも変わっていないという呆れと、昔と変わらないその様子に、なんだかほっとするところがあるからだ。

「ご主人、葡萄酒の追加を！」

店の奥に向かって空のジョッキを掲げて注文を出すと、向かい側の席でホロが目を丸くしていた。

「単に暇なだけなら、あなたは宿でごろ寝しているはずです。なにか私と話したいことがあったのでは？」

御年数百歳で、賢狼とさえ呼ばれるようなホロなのに、首をすくめて口をつぐんでいる。そんな様子に、まったくうちの子供と同じだとエルサが胸中で呟けば、それが聞こえたかのようにホロがエルサを見た。

「……笑わぬかや」

エルサは臨時とはいえ、女司祭の身だ。

「人の悩みを笑うようでは、神の僕は失格です」

ホロはそれでもなお一瞬目を逸らし、葡萄酒の残りを一息に飲み干すと、エルサに負けじとばかりにもう一杯注文したのだった。

往時は数多の村人たちが彼女の前に跪き、御託宣やらありがたいお言葉やらを賜っていただろうに、葡萄酒を手にしながら背中を丸めがちに話すホロの様子は、歳を取りすぎて子供に戻った村の長老たちにそっくりだ。

「あのたわけはわっちのことをなにもわかっておらぬ」

決まり文句まで一緒なのだな、とエルサはある種関心ながら、話を促した。

「というと?」

「あやつがなんだかややこしい話に呼ばれておるのは知っておるかや」

「ややこしい話」

今、ロレンスはサロニアの町では最大の有名人であり、彼に任せればどんな問題もたちどころに解決すると評判だった。商人たちのいがみ合いから夫婦喧嘩の仲裁役にまで引っ張り出されているらしいが、さてそのうちのどれだろうとエルサは思案を巡らせた。

「ぬしのところも関係しておると聞いていんす」

「ははあ」

すぐに思い当たることがあった。

「町の関税を決める話し合いですか」

「よくわからぬが、あれそっくりな町の商人たちが角突き合わせておるそうではないか」

「そのようですね」

軽い返事にむっとしたのか、ホロが眉根に皺を寄せた。

けれど、エルサもまたため息をつくと、ホロはきょとんとしていた。

「私もその問題で、教会にいたくなかったのです。まったく呆れた話ですから」

それでわざわざこんなところで昼食をとっていたのだが、不意にエルサの耳に、ぱたぱたと毛織物をはためかせるような音が聞こえてきた。

「ほうほう」

ついさっきまで生気のない顔をしていたホロが、人の困り顔を見てたちまち元気になっていた。楽しそうに服の下でふさふさの尻尾を振っているのだが、まったくいい性格だと思いつつ、あけっぴろげなホロのそういうところがエルサは嫌いではない。

「町の集会所で話し合われているのは、この町に流入するたくさんの商品の関税についてです。この葡萄酒が安く飲めるか高く飲めるかを決める作業、と言えばわかりやすいでしょうか」

ホロは手元のジョッキを見て、話ごと飲み込むかのように葡萄酒をごくりと呷った。

「葡萄酒を安く輸入したい葡萄酒商人もいれば、商売の競争相手である葡萄酒に高い関税をかけて欲しがる麦酒商人もいるわけです」

「ふむ」

「そういう利害の調整役を担う人は町によって様々ですが、この町ではおおむね教会が引き受けています」

町の創建神話に一人の聖人がいた、というのも理由だろうが、本当のところは教会が町の関税から大きな利益を挙げる利害関係者の一人だからだ。

「そういえばここの教会の主は実に生臭かったのう。酒飲み仲間としては楽しいたわけじゃが、ぬしは嫌いそうじゃな」

「悪い人ではないと思うのですが、いかんせん調子がいいところも多く……」

元々エルサが助っ人として呼ばれていたのは、ヴァラン司教領という土地にある聖堂だった。そこでロレンスたちと再会し、助けを借り、聖堂の財産を高値で売ることができた。その話を聞きつけたサロニアの司教は、サロニアの厄介ごとも体よくエルサに押しつけていたのだ。仕事をすることそのものはエルサも苦ではないのだが、なんとなく釈然としないところがあった。しかもそれが清貧や節制を旨とすべき教会の、金儲けに通ずることとなれば尚更だ。

エルサはついつい愚痴を口にしてしまったことにはっと気がついて、咳ばらいをすれば、目の前でホロが楽しげに歯を見せて笑っていた。

「ごほん。とにかく会議ではお金を巡る利害が剝き出しになりますから、みんな自分たちの言い分を通したくて必死です。そこで発言に絶大なる重きを置かれるロレンスさんが担ぎ出された……ということだと思うのですが」

それでホロが不機嫌そうにしているというのは、自分の相手をしてくれなくて寂しいということだろうか。けれどそれだけならば本人にそう言えばいいのではないかと思うのだが、この二人には昔から自分の気持ちを相手に伝えないまま、勝手に悶々としているようなところがある、とエルサはよく知っている。

似たもの夫婦ということなのかもしれないが、近くにいる者の身にもなって欲しいとエルサは胸中で呟いた。

「あれが町で大事な役目を担っているらしいことはわかりんす。それに、わっちを一人にする罪滅ぼしはたっぷり受けておる」

小さな胸を張って自慢げに言うホロに、エルサははいはいと返事をしておいた。

「じゃが、そもそもそんな話に頭を突っ込んでおることが問題なんじゃ」

「そうですか？　町の人たちが頭を悩ませているのは事実ですし、いつかは解決されなければならないことです。ロレンスさんという部外者ならば、かえって町の利害調整にはうってつけでしょう。彼は彼の責任をとてもよく果たしていると思いますし、町の中で活躍すれば、あなたも鼻が高いのでは？」

「それは、そうじゃが……」

歯切れの悪いホロに、エルサはため息交じりに言った。

「そもそも、ロレンスさんはあなたに良いところを見せたくてそうしているのだと思いますが」

ヴァラン司教領の聖堂で再会してから、見ている限りでもロレンスのホロに対する甲斐甲斐しさは呆れるほどだし、十年ぶりだという旅にずいぶん張りきっているのが随所に見て取れた。

そしてこのわがままで乙女なところのある狼は、そういうところこそ好きそうなのにとエルサが思っていたら、ホロはひときわ大きなため息をついた。

「……立て続けに三回目じゃ。げっぷが出てしまいんす」

子供たちに構われすぎてぐったりしている、村に住み着いた老犬を見ているようだった。

ホロがなにになげんなりしているのかエルサにも理解できたが、やっぱり結論は決まりきっている気がした。

「そうお伝えしたらどうですか」

嫁入りしたばかりの幼な妻でもなかろうに、とばっさり切って捨てると、ホロが背中を丸めて嫌そうに葡萄酒を啜った。

「それができれば苦労はありんせん。あのたわけを焚きつけたのは、その……ある意味わっちじゃからのう……」

真の姿に戻れば大軍勢でさえ蹴散らせそうな狼なのに、たった一人の元行商人相手に尻尾を丸めているのだから、面白いものだ。エルサはそう思いつつ、この狼がまたどんな罠に自ら嵌まったのか少し興味が湧いてきた。

「焚きつけたというのは？」

ホロは丸めていた背中を伸ばしたものの、あらぬ方向を見ると肩と首をそろってすくめ、何度目かわからないため息と共に言った。

「わっちゃあぬしの手助けもあって、あれと一緒になれた」

エルサが思わず目を見開いてしまったのは、ホロがいきなりなにを言い出すのかということ以上に、感謝されているらしいことに驚いたからだった。

「なんじゃその顔は……。ぬしの後押しがあったおかげでわっちらが一緒になれたことくらい理解しておる」

エルサがホロと同じ荷馬車に乗った時、ずっとホロの居心地が悪そうだったのは、どうやら大きな借りがあると認識していたことも原因にありそうだ。

「とにかく、あれと一緒になれた。わっちゃあ実に幸せじゃ。阿呆になりそうなほどにのう」

「それは……そうですね。はっきり言って、ロレンスさんに甘やかされすぎです」

御年数百歳の狼は、悪びれもせずに答える。

「あれは好きでそうしておる」

「そうでしょうとも」

所帯を構えて十数年だというのに、出会った頃より仲睦まじい。

エルサはその甘ったるさを押し流すように、葡萄酒を啜った。

「じゃが、わっちがあれの手を取ったということは、あれが進みたがっていた道からあれを引っ張りよせた、と言うこともできるじゃろう？」

「まあ……そうですね」

どちらかというと、危なっかしいところのあるロレンスをこれ以上放っておけない、というほうが近いのではないかとエルサは思ったが、ホロなりに思うところがあるらしい。

「あなたは、それが間違いだったと？」

「……あやつの前には、世を統べる大商人になれたかもしれぬ道が開けておった。じゃが、もう大騒ぎはこりごりじゃと、わっちはあやつの手を引いた」

エルサは生活圏があまり被らないので聞きかじりだが、北の地では絶大な権力を誇る大商会の危機を救い、そこに誘われていたという話は知っている。

確かにその話を受け、ロレンスの才覚とホロの知恵があれば、今頃はどこかの町でお大尽と呼ばれていた可能性は十分にある。

とはいえ、あのロレンスが町の名士となって数多の人の上に立っている様子も、エルサにはなんだかうまく想像できない。ニョッヒラの湯屋の主人に収まっているくらいがちょうど良いように思えるのだが、ロレンスのことが大好きなホロには、そう思えないのかもしれない。

まったく、恋は盲目だとよく言ったものだと肩をすくめていたところ、ホロが言った。

「それで……ついそのことを、口にしてしまってのう」

「……」

なんと愚かな、というのが顔に出てしまったのだろう。ホロが苦しそうにも見える顔で、唸りながら牙を見せた。

エルサはため息と咳ばらいを一緒に出して、そんなホロを見据えて言った。

「ロレンスさんはあなたとの生活がなににも勝ると思って、あなたの願いを受け入れたはずです。その決断に後悔なんてしているとはとても思えません」

「わかっておる！」

ホロの荒げた声に驚き、小鳥が飛び立った。

そして、ホロはもう一度「わかっておる」と忌々しそうに言ってから、頭を抱えていた。

「久しぶりに旅に出て、気が緩んでおったんじゃ……。それに、荷馬車の上だの旅籠の夜だのには、考える時間が山ほどあってのう……。なにより」

と、ホロがテーブルを見つめながら、言った。

「見知らぬ暖炉の火に照らされたあやつは、わっちと過ごした時間の分だけ歳を取っておった。慣れた湯屋におると、気がつかなかったんじゃがな」

ホロの姿はエルサが出会った頃の少女のままで、きっとエルサが杖を突いて歩くような歳になっても同じままだろう。ホロにとっては、十年や二十年というのはほんのちょっとした寄り道にすぎない。

けれど、ロレンスにとってはそうではない。

出会った頃と同じ感覚で旅をしていたら、ふとしたはずみに、あるいは薪の明かりが照らす横顔に、隠せぬ老いを見たのだろう。

エルサはホロが紙とペンを持ち歩き、日々の出来事を記していることを知っている。容赦なく流れる時の奔流を、少しでも手元にとどめておくかのようなその行為。

エルサはもう、ホロのことを笑うことも呆れることもできず、テーブルの上の小さな手に、そっと自分の手を重ねていた。

「……わっちゃあ、あやつからとても大きなものをもらっておったんじゃと気がつきんす」

ホロは重ねられた手をじっと見ると、自嘲気味に笑って手を引いた。

「そんな折り、ぬしらの山を売る時に訪ねたデバウとかいう商会じゃ。あれがまた目も眩むほ

どの大きさでのう。賑やかで、活気に満ちて、きらびやかじゃった。こんな世界をあやつの手から奪ったのかと思ったら……なんだか急に怖くなってしまいんす」

エルサ自身もテレオという小さな村の生まれなので、ホロが受けた衝撃というのはなんとなく想像できる。巨大な都市の巨大な大聖堂を見て、一度も抱いたことのなかった自分の出世欲というものの衝動に驚かされたこともある。

けれどそれはありえたかもしれない夢の残滓のようなもので、いざ手に入れれば多くの輝きは失せてしまうだろうし、今とは違う道を歩んでしまえば、今まで歩んできた道で得たのと同じ素晴らしいものを得られるとは限らない。

この人生という旅路は、やり直しの利かない残酷なものなのだ。いつもあの判断は正しかったのかと思いながら、足元に続く道を歩くしかない。

長い時を生きるホロならば、そのことをいくらかの諦めと共に受け入れていたろうに、それが最愛の伴侶の話となると、冷静ではいられなかったのだろう。

とはいえ、やはりロレンスがこの人生を後悔しているとは微塵も思えないので、そこに自信を持てないような発言は、なによりロレンスにとって失礼なことだとエルサは思う。あれだけ愛されているのだから、全力で、確信をもって、相手も幸せなはずだと信じるのが、呆れるほど愛されている者の責任というものだろう。

エルサは聖職に就く者として、故郷の村では夫婦たちの揉め事も仲裁している。なのでこの手の話は千回だって見てきた。人の何十倍も生きているあなたがどうしてそんな間抜けな穴に足を取られているのかと小言が喉から出そうになるが、ホロも自分のうかつさを十分に反省しているようだ。

しかもホロには、ホロ特有の事情がある。

奇妙な二人の間を取り持った者として、エルサはホロが引いた手を無理に掴み、励ますようにぎゅっと握ってから離した。

「お話はわかりました」

町ではホロがロレンスの手綱を握っているなんて話になっているし、一見するといつもロレンスはホロのわがままに振り回されているが、ロレンスから離れられないのはむしろホロのほうだ。

かといって、ロレンスが完璧な王子様かというと、そんなこともないのが世の中というものである。

「絶妙な甘さの蜂蜜酒に、無思慮に砂糖を足されているといったところですものね」

エルサの言葉に、ホロは心底げんなりした顔をしてみせた。

「まったくそのとおりじゃ。しかも今なお嬉しそうに、巨大な砂糖壺を持ってこようとしておる。そもそも、わっちの失言は、このあいだのややこしい借金の話で十分終わっておったはずなんじゃ。あのたわけはすべての借金を消してみせてから、こんな魔法が使えるのだから大商人になるなど簡単じゃとのたまいんす」

ちょっと子供っぽいところがなきにしもあらずだが、ホロの不安を払うには十分すぎるものだろうし、乙女趣味のホロの喜びは、決して小さくなかったはずだ。

しかし、とエルサは思う。あのロレンスを見てついつい羊を連想するのは、人の好さそうなところというよりも、加減のわからないというか、気の利かない鈍いところがあるからだ。

「そしてうまくいって味をしめ、今度は関税の話をうまくまとめて、あなたに成果を見せたがっていると？」

エルサの言葉に、ホロが長くて大きなため息をつく。

「……そのとおりじゃ」

愛する妻のため、何度だって格好いいところを見せたいという男心はわからないでもない。神の僕であるエルサとしては、仲良きことは良いことではないかと思うし、その都度褒めて感心してやるのも良き妻の勤めではなかろうかと思いつつ、それはあくまで理屈の話だ。

エルサもまた所帯を構え、底抜けに人は好いがいささか鈍いところのある男を伴侶とした。テレオの村での日々の生活を思い返し、旦那のエヴァンから同じようなことをされたらと想像するのは容易なことだ。初回はきっと嬉しいだろうが、二回目は笑顔が引きつって、せいぜい耐えられるのは三度目までだろうと想像できる。

「で、それだけならばまだしもじゃ」

「まだなにか？」

「そこにぬしの教会が出てきてのう。どうやら口車に乗せられておるようなんじゃ」

教会で口車と言われたら、誰(だれ)が乗せているのかはすぐにわかった。

「司教様が？」

「んむ。その司教とやらは、あやつの協力を得ようと、妙(みょう)な褒美(ほうび)を約束したらしい。それで」

ホロは葡萄酒(ぶどうしゅ)に口をつけようとして、空だったのか意地汚(いじきたな)く音を立てて啜(すす)り、エルサのことを胡乱(うろん)げに見た。

「あのたわけは、貴族になるのも悪くないとか言い出しておる」

男はいくつになっても子供のまま。無邪気(むじゃき)に夢を見て笑うロレンスの様子がエルサの目に浮(う)かび、子供たちと一緒(いっしょ)になって大騒(おおさわ)ぎをしては自分に叱(しか)られているエヴァンの顔と重なった。

「どうもあのたわけは、娘(むすめ)のミューリがいなくなってから、以前の夢見がちなところが顔を見せ始めてのう。わっちの件をダシにしておるのではないかとすら思いんす」

「あー……」

村でもそんな相談を受けることがある。子供を育て終わったと思ったら、家にいる一番でかいのが子供みたいなことを言い出している、と村の女たちがため息をつく。

男たちはいくつになっても、まだ若い青年時代となにも変わっていないつもりなのだ。もちろんそういう前向きなところに惹(ひ)かれて一緒(いっしょ)になった経緯(けいい)があるにしても、もういい歳(とし)なのだからしっかりしてくれと思うところでもある。

「そして得意満面、崖に向かって歩くのは羊の得意技じゃろう？」

確かにこんなこと、町の酒飲み仲間には打ち明けられなかったろうし、当の本人であるロレンスにも悪気があるわけではないので、ホロからは強く言えなかったのだろう。

きっとホロはあれこれ考えた末、偶然を装ってこの裏路地の居酒屋にやってきたのだ。

性格も生き方も真逆だが、エルサがホロを憎めないのはこういうところがあるからだし、似たような旦那と所帯を構えた同志として、見捨てておけなかった。

それに、どうやらあのお調子者の司教が一枚噛んでいるというのだから、聖職に就く身としても看過できない。これ以上教会の評判が落ちてはかなわないのだから。

「追加のお酒が必要ですね」

エルサはそう言って、葡萄酒を二杯頼んだのだった。


ホロから聞いた話はいまいち要領を得ないところもあったが、エルサ自身の知識と合わせてまとめると、おおまかにはこうだ。

まず大市のために数多の商人たちが集っている今、長いこと懸案となっていた諸々の問題を話し合おうという場が持たれ、そこで関税の話になった。

葡萄酒商人と麦酒商人が永遠の敵同士ならば、麦酒商人はパン屋の組合と原料となる麦の奪い合いを演じる敵同士であり、パン屋は伝統的に肉屋と仲が悪いから、誰かの言い分を聞くと誰かの怒りを掻き立てることになる。

おおまかには、敵の敵は味方の理論や、利害があまり対立しない者同士で徒党を組んで、自分たちの言い分を通すのが定石だが、赤く染められた外套を羽織ったその土地の領主が一方的に裁くこともあるし、神の意志に則りくじ引きで決めるところ、あるいは顔役たちで無記名の投票にかけるところなどもある。

サロニアの町は教会の司教が采配役を務めるが、ほかならぬ教会自体が町の権益に多大なる利害関係を持っているため、割を食う参加者たちは容易に言うことを聞こうとしない。そこで双方の陣営とも、町にぽっと現れた、大きな発言力を持つが特にしがらみのないロレンスを担ぎ出そうとして、各々が褒美を約束したらしい。

特に高関税に苦しめられていた材木商人たちが、関税を下げるためにロレンスの勧誘に熱心だったのだが、まさに教会がその関税から利益を上げていたため、あのお調子者の司教はロレンスにとんでもない約束をして味方に引き入れようとした。

それが、サロニア近郊の土地と領主権を買い取らないか、つまり貴族にならないかというものだった。

「ぬしは仕事が早いのう」

ロレンスと会議の状況をホロから大まかに聞き出した後、エルサは細かいところを調べるため、いったんホロと別れて別行動を取っていた。日が暮れる頃になって、今度は町の広場に隣接した居酒屋で再会した。町は太陽が落ちようともますます賑やかになっているようで、店に入りきらない客を捌くため、軒先にいくつも長テーブルと長椅子が置かれている。そこでは旅装束の者や近隣の農村からやってきた者たち、それにもちろん町の人々も合わさって、一年のうちの数少ない大騒ぎを満喫していた。

そんな彼らがエルサの姿に気がつくと、急に居住まいを正して声量を落としていた。エルサは何食わぬ様子で微笑を返してから、ホロに調べてきたことを報告したのだった。

「あなたはあの後からずっと飲んでいるのですか？」

エルサが合流した時にはすでに、テーブルの上には一杯目とは思えない葡萄酒と、肉が綺麗に食べられた豚か羊のあばら骨が載った皿が置かれていた。

「たわけ。土地だの領主だのの話じゃったろう？　わっちゃあのたわけがまたなにか騙されておると疑っておるが、そうではない可能性もあるじゃろ」

「……まあ、可能性としては」

「たまには道の真ん中で兎が寝ておることもありんす。あれは酸っぱい葡萄じゃとひねておっては、わっちゃあのたわけと一緒になることはできんかった」

長い時間を生きているからか、それとも元々の性格なのか、ホロにはやや厭世的な、悲観的なところがなきにしもあらずだが、ロレンスはこの狼を照らす太陽となれているらしい。

「本当に良い取引の可能性も捨てきれぬから、そっちから調べてみようと思っての」

しかしあのお調子者のようでいてなんだかんだ抜け目のない司教が、おいそれとうまい話を持ち出すだろうか、とエルサは思う。ホロの当初の見立てどおり、ロレンスが司教に一杯食わされているほうが納得できる。

あるいは単純にホロとしては、なんだかんだ最愛のロレンスが貴族になれるかもと目を輝かせていることに水を差したくない気持ちがあって、本当においしい話かもしれないと無理に思い込もうとしているのだろうか。

その辺りの葛藤は推し量るしかないが、なんであれホロの見出した妥協点が、その隣に座る者なのだろう。

「この土地のことなら、こやつが詳しいかもと思っての。ぬしと別れてからひとっ走りして呼んできたんじゃ」

「ええっと……あんまり人の世のことはわからないかもしれませんけれど……」

ホロの隣で身を縮めている娘は、縮めてもなおホロより一回りは大きいターニャだった。

元々はエルサが手伝いを頼まれていたヴァラン司教領に伝わる、呪われた山に住んでいた栗鼠の化身だ。確かにこの近隣の土地のことなら、百年単位で知っていそうなので、ターニャを呼んだのは正しい選択かもしれない。

ただ、それならば落ち合う場所は選ぶべきだったかも、とエルサは思った。

なぜなら、周囲の男たちの視線が集まるのは、酒飲みの場で僧服を着ている自分が目立つからだとエルサは思っていたのだが、どうやらそうではないと気がつき始めていたからだ。男たちの目当ては、ふわふわの巻き毛を持ち、エルサやホロにはない曲線美を有するターニャのようだった。

そして近寄ってきた男たちは、ターニャに声をかけようとしては町の有名人であるホロや僧服を着たエルサに気がついて、曖昧に笑って退散していく。

ホロはまったく気にしていないし、ターニャはそもそも男たちの視線に気がついていないので、エルサも気にしないことにした。

「ターニャさんは、ウォラギネ家という名前をご存知ですか？」

エルサは町に逗留しているヴァラン司教領の聖職者から、司教の詳しい目論見を聞いた後、教会に戻って町の年代記を紐解いてきた。司教がロレンスに約束しているのは、ウォラギネ家がかつて治めていた土地と、その領主権となる。

もちろん譲渡ではなく売却を、ということだったが、領主権のようなものはお金を積んでもなかなか買うことが難しいので、購入できるという時点で、普通に考えるとてつもない申し出なのだそうだ。

「ええ、ええ、聞いたことがあります。一時有名になりました。ちょっと前のことですけど」

タ一ニャは果実酒と合わせて小麦パンをかじっていたが、なんだか腑に落ちない顔をすると、途中で自分で焼いてきたらしいどんぐりパンを小袋から取り出し、嬉しそうに食べながらそう答えた。

「ちょっととはいつの話じゃ」

どんぐりパンはどちらかといえば飢えを凌ぐために焼かれる類のもので、ホロなどはターニャが嬉しそうに食べるのを見て、渋みと苦みを思い出すような顔をしていた。

「えーっと……お師匠様がくる……よりも前ですね。山が荒れてた頃でしょうか」

「錬金術師たちが山にくるより前ということは、五十年以上昔、百年よりかは手前、というところですか」

彼女たちのような人ならざる者の時間感覚はそんな具合なので、ホロが自分のことを小娘呼ばわりするのも無理のないことだとエルサは思った。

「確か、大地をのたうつ大蛇を討ち取った勇者様、ということだったかと」

向かいの席に座るホロの狼の耳が、頭巾の下でぴょこんと跳ねた。

それからエルサは自分に向けられた視線の意味にもちろん気がついたが、特に動じることもなくターニャに質問した。

「その伝説については教会の年代記にも残っていました。本当のことなのですか？」

「えーっと……どうでしょう？　私はあんまり開けた土地が好きではないので、こっちにはほとんどきたことがありません。その話も、山で鉄を掘る人たちから耳にしました」

「なるほど」

　エルサがうなずくと、なにやらやきもきしていた感じのホロが口を開く。

「それはぬしの村を守っておった奴ではないのかや」

　ターニャが目をぱちくりとさせ、ホロとエルサを見比べる。

　エルサはホロの言葉にすぐに返事をせず、温めすぎて酒精の飛んだ、ちょっと酸っぱい葡萄酒を啜ってから言った。

「どうでしょう」

　その言葉には複数の意味が含まれていた。

　ひとつには、その大蛇がエルサの生まれ育った村であるテレオの村の守護神としてあがめられていた大蛇かどうかということ。

　もうひとつには、その蛇が本当に村を守っていたかどうかという点だ。

「ぬしは教会の手先じゃったな」

　ホロの棘のある言葉に、ターニャはなにか不穏な空気を察して背中を丸めていたが、エルサはもちろん受け流す。

「どこに行ったのか、本当にいたのか、いたとしても村でなにをしていたのか定かではありません。私としては、あなたを見て半ば確信していますけれどね」

「はあ？　わっちがなんじゃ」

口の端に焼き肉の脂をつけたままのホロに、家に残してきた騒がしい家族たちの食事風景が重なった。

「ちょっと長い冬眠を、たまたまあそこでとっていただけではないかと」

エルサもホロと出会うまでは、世に伝わる異教の神々の伝説に、超常なる存在の威厳のようなものを勝手に感じていた。けれどいざホロと出会い、彼らの世界を覗き見る機会に与ってからは、多少の感覚の違いこそあれ、自分たちと変わらないのだと理解した。

懐から小さな手ぬぐいを取り出して、テーブルに身を乗り出すと、うるさそうに嫌がるホロの口元を拭ってやってから、エルサは続けた。

「あまりに静かすぎるところで眠るのは、きっと寂しいでしょうから」

ホロはその言葉の指し示すところにますますむくれていたが、エルサはくすりと笑い、ターニャを見やる。

「ターニャさんにはわかりませんよね。私の生まれ故郷の村には、大蛇の伝説があるのです」

「えっと……あ！」

「気にしないでください。私も見たことはありません。ただその蛇がいたという大きな洞穴が残っていただけですから」

ターニャはそれでも申し訳なさそうに頭を低くしていたので、エルサは事務的に話を続けた。

「それで話を戻しますが、ウォラギネ家はかつてこの平原をうろついていた大蛇を討ち取ったという功績を以て、平原の一部の土地を賜り、領主に任じられたようです。そして当地の教会は、彼と蛇の戦いにおいて神の力を授け勇者を助けた、とありました」

ホロがふんと鼻を鳴らす。

「わっちゃあその神とやらをついぞ見たことがありんせんがのう」

「でしょうね。おそらくこの伝説は、双方の権威付けのために作られたものではないでしょうか。当時この周辺はまだ異教徒の脅威が色濃く残っていたでしょうから、教会としても存在感を示す必要があったはずです。どんな些細なことでも手柄にしたがったでしょうね。反対に勇者と称されたほうは、ぽっと出の戦士が領主として民を支配する権威付けのため、教会の後ろ盾が欲しかったのだと思います」

珍しくもない話だが、ここには妙な点がある。

「私が不思議なのは、この町の関税の少なくない部分について、ウォラギネ家が権益を所有していたということなんです。それも、年代記には、大蛇を倒したからという理由が記されていました」

「むう……?」

ホロは形の良い眉をしかめ、隣のターニャをちらりと見た。

多分、単純になにか知らないかと視線を向けたのだろうが、ふたつ目のどんぐりパンをうきうきと取り出していたターニャは、なにか悪いことをしたかと首をすくめていた。

「また、ウォラギネ家は一代か二代続いただけで絶えてしまったようで、その後の土地と領主権、それにどっさりの関税の権益が教会に遺産として寄付されました。ロレンスさんは」

と、エルサは一度言葉を切った。

「この権益や土地、それに領主としての名前一式を手に入れる権利、それにかつての城砦に住む権利を報酬として約束されているようなのです」

「う～む……」

ホロは難しい顔をして、唸る。

「褒美が過大すぎぬかや」

どう考えてもお人好しの夫がまたぞろうまい話で騙されている、という顔だ。

「単なる譲渡ではないようなので、そこはなんとも。けっこうな金額になるとは思いますが、お金を貯めた大商人が貴族になりたくてもなれないことがあるように、こういうものは買えるだけでも奇跡に近いという性質のものだという意味では、確かに過大かもしれません。なにせ、町の関税の揉めごとの仲裁をしたら、領主になれるというんですから」

「それであやつは舞い上がっておるんじゃな」

ホロは大きなため息をついて、口を引き結ぶ。

けれどそこにあるのが怒りでなさそうなことに、エルサは気がついていた。うまい話にたぶらかされているといるのではなく、輝かしい未来に心躍らせている伴侶に冷や水をかけるのが気が進まないといった感じだった。

ロレンスがホロを甘やかしているならば、このホロもまた同じらしい。

ホロが小さな村で麦の豊作を司っていた頃、どんなふうに振る舞っていたかエルサにはなんとなく想像がつく。きっと、子供が寝る前にせがむ類の、牧歌的な時間だったことだろう。

そんなホロが唸る横で、どんぐりパンを食べていたターニャが、ふとなにかを思い出したように言った。

「あ、大蛇の話なのですけれど」

「なにか思い出しました？」

「はい、はい。掘り出した鉄を売りたいが、大蛇のせいで遠方の地と商いがうまくいかないと嘆いている人たちを見ました。それを覚えているのは、いい気味だ、と思ったからですね」

山を荒らされていた当時のことを思い出したのか、ターニャが少し怒ったように言って、好物のどんぐりパンに挑みかかるようにかじりつく。

「確かに巨大な蛇が陣取っておったら難儀じゃな。毒など持っておったらわっちも嫌じゃ」

「私は小さな蛇でも見かけたら、丸呑みにされる怖い夢を見ます」

エルサは二人の話に、なんとなく釈然としない。

「……あなたたちは、人を襲うのですか？」

エルサが異教の神々の話を集めていた時、そういう話がないわけではなかったが、彼らが人を襲うのはほとんどが聖域を荒らされた場合だった。

それでなくとも、大蛇が平原をうろうろして人を襲うというのは、ホロたちを見てきたエルサの印象にはそぐわない。

「わっちゃあそんなことせぬ」

ホロがむっとしたように返事をすると、ターニャは顎に人差し指を当てながら言った。

「長ーい体を伸ばして、この平原で日向ぼっこをしていたのかも？」

ターニャの言葉に、エルサはホロとそろって想像してしまう。

牛も丸呑みにするような巨大な蛇が、体を伸ばして平原に居座っていたとしたら、確かに悪さをしないとしてもそこにいるだけであらゆる物流が滞るだろう。

「ぬしのおる山からこっちにくる際、まあまあの眺めでこの土地を見下ろせたが、それほどの蛇となるとどんな大きさなんじゃ」

「私の集めた異教の神々の話では、頭のある場所と尻尾のある場所では天気が違うほどに長い蛇の話もありましたが……」

「そんなのがおれば、月を狩る熊も絞め殺されておったじゃろうな」

ホロの指摘はもっともだが、蛇の話が役に立つかもと思っていたらしいターニャがしゅんとしていることに気がついて、エルサは慌てて言葉を継いだ。

「な、なんであれ、尋常ではない大蛇がうろついているとなれば、のんびり輸送などできないのは同じことでしょう。勇者ウォラギネのおかげで大蛇が打ち払われ、交易が再開されたというのは、十分ありえそうなことです。その見返りが関税の徴収権、というのも筋が通っています」

ターニャはおずおずとエルサを見た後、ほっとしたように笑ってくれた。

「まあ、なんだかよくかわらぬが、とにかく昔の功績によって決められた利益があって、それがあのたわけの目の前にぶら提げられておるというわけじゃ。とはいえ……領主じゃったか？　そんな大それた権利一式が、あのたわけに買えるものかのう。よもやニョッヒラの湯屋を売るというわけではあるまいし……」

「えっ！　ホロ様たちがここに住むのですか？」

ターニャは驚きに目を見開き、それから嬉しそうに目を輝かせた。

「ホロ様たちがここに住んでくれたら、私はとても嬉しいです」

「たわけ、そんなこと——……いや、わからぬ、まだわからぬからそんな顔をするでない」

ターニャは静かに暮らしていた山を鉱山開発で荒らされて、鉱脈が尽きてからは一人で細々と山に木を植えていた。そこにたまたま立ち寄った錬金術師たちと仲良くなったが、彼らは旅に出たまま行方が杳としてしれず、健気にずっとその帰りを待ち続けている。

そんなターニャはホロにもすっかり懐いているし、ホロ自身、ターニャのことを気にかけていた。

見た目こそターニャのほうがホロより年上だが、大きな妹のようなターニャをなだめるホロの様子がおかしく笑っていたら、そんなホロたちの向こうに小さな集団を見つけた。サロニアの町で重要な会議が開かれる参事会の建物から出てきた、身なりの良い商人たちだ。彼らは互いに握手をしたり、長い会議で凝り固まった体を伸ばしたり腰を叩いたりしている。

エルサはその中に見慣れた人影を見つけ、ホロもすんと鼻を鳴らすと後ろを振り向いていた。

「気が進まぬが、あのたわけからも話を聞くほかないようじゃな」

日が暮れ始め、広場にはかがり火が焚かれている。人出も多く視界が悪いのに、女三人が居酒屋の軒先で固まっていれば、目につきやすかったのか、ホロが声をかけるより前にロレンスがこちらに気がついて、やや驚いたような顔をしてから笑顔で手を振って寄こしたのだった。

「これは珍しい組み合わせですね」

ターニャの姿を認めてロレンスは明らかに戸惑っていたが、さすが歴戦の商人らしく、すぐに落ち着いた仮面を被り直していた。

「ホロ、飲みすぎていないだろうな？」

「たわけ」

亭主面されて不機嫌そうなホロだが、照れているようにも見える。ロレンスはもちろん軽く苦笑しただけで、腰元の財布を取り出すと中身も改めずにテーブルに置いた。

「エルサさんがいらっしゃいますから、安心して預けられます」

ここは自分のおごり、ということだろうが、如才なさにいっそ呆れてしまう。

「それでは、皆さんの楽しい夕べの語らいを邪魔するのもなんですから」

と、その場から立ち去ろうとしたのは羊の本能なのだろうか。

それを止めたのは、狼のホロだ。

「酒のあてはぬしの話じゃ」

「……」

ロレンスが商人の仮面で笑おうとしつつ、うまく笑えていなかったのは、ホロの様子になにか察するところがあったからだろう。

「それは、えーと……」

「座りんす」

ホロが言うと、ホロの隣に座っていたターニャはあたふたと席を空け、テーブルを回り込んでエルサの隣におずおずと座った。その途端、香水とは違う深い森のような甘い香りがして、エルサはどうしてターニャが男性たちの視線を集めるのかわかったような気がした。

「私はお祈りをするべきでしょうか？」

ロレンスからすれば、楽しい話が待ち受けている、とは思えまい。ましてやホロが不機嫌そうに酒に口をつけているのだから尚更だ。

けれど、ホロのその不貞腐れた顔は、どうやってロレンスに話を切り出すべきかと考えあぐねているゆえのことだと、エルサにはわかる。

仕方ないと小さくため息をついて、エルサが口を開いた。

「ここの司教様がなにかよからぬことを企んでいるようだと、ホロさんから相談がありました」

そしてよからぬことの犠牲者になりそうなのは自分だと思われている、とロレンスはすぐに気がついたらしい。

「貴族の話か？」

ロレンスの問いに、ホロはこれ以上ないくらいわざとらしく顔をそむけていた。

「浮足立って足元をすくわれそう……と思われているわけですか」

ホロとロレンスの間では、出会った頃から繰り返されているやり取りに違いない。

ロレンスは商人らしく、わかりやすい困ったような笑顔を浮かべてから、ため息をついた。

「きちんと損得は計算していますし、司教様がそれなりに一計案じていることも存じています」

「たわけ」

ホロはようやくその一言を口にしたかと思うと、隣のロレンスに体ごと向き直る。

「土地だの領主の名前だの、そんなものが安く買えるはずもなかろう。ぬしは湯屋を売るつもりなのかや?」

賢狼と呼ばれた狼の化身だから、人の世の栄誉になど興味がない。そう考えることもできようが、宴席でこそ肉と酒に目がないこの狼には、元来そういう大それた欲がないのだろう。

エルサがホロのだらしのない生活につい子供を叱るような小言が出てしまうのは、ホロには口で言うほど尊大なところがなく、エルサ自身と大して変わらない目線で物事を見る気安さがあるからだ。

「ロレンスさん。私もあの司教様が、相手に有利な提案をするとは思えません。軽薄そうで調子がいいことばかり言っていますが、抜け目ない方ですよ」

教会の位階の中ではずいぶん上位に位置する人物を悪しざまに言うのもやや憚られるが、偽らざる感想でもある。ロレンスはホロとエルサからの視線をやや引き気味に受け止めて、衛兵から検問所で詰め寄られた商人のように言った。

「えーっと……こちらからの言い訳をさせてもらっても?」

エルサがホロを見ると、ホロは不機嫌そうに串に刺さった焼き肉に犬歯を突き立てていた。

「司教様がどんな甘言を弄しているのかは興味があります」

エルサの言葉にロレンスは苦笑して、答えた。

「私は直接には、銀貨の一枚も支払いません」

「は？」

間抜けな声を上げたのはホロだ。

「私は関税権の付随した領主権一式と、サロニア近郊の土地の権利を受け取る代わりに、毎年一定額を教会に納めること、という提案を受けました」

「……」

　ホロは目を細めてロレンスを見てから、どうなんだ、とばかりにエルサに視線を向けてくる。

「なるほど。司教様は毎年懐に入る金額に変化がなければ、権利を教会が持っているかどうかに頓着しない、ということですか」

「今は領主様の名前等は、教会の古びた書庫で眠っている状態ですからね。司教様にとっては失うものはなにもありません」

　これならば誰の懐も痛ませず、司教はロレンスという強力な味方を引き入れることができる。あの司教がいかにも言い出しそうな、一見わかりやすく綺麗な取引だ。

　けれども教会の混乱の最中、あちこちの教会領の帳簿と格闘してきたエルサには、なんだか釈然としないぴりぴりした感じがあった。

「私が司教様のこの申し出を受けるならば、私には関税を高く維持する動機が生まれることになります。毎年の支払いがありますからね。対して教会側は、この先たとえ関税が下落したとしても、今までと同じ金額を受け取ることができます」

町の借金問題の時、司教は拙速な対応で借金を負った商人を牢に放り込んで町の混乱に拍車を掛けたりしていたが、こういうことには知恵が回る。要は小悪党なのだ、とエルサはため息をつく。

「では、あなたは司教様の味方につくと？」

エルサの問いに、子細には興味がないが、結論には大いに興味があるホロが、新しく頼んだ肉をわしわしと噛みしめながらロレンスを見た。返答如何では同じように噛みついてやる、と言わんばかりだ。

「少し迷っています」

おやとエルサが思ったのは、その場しのぎの返答にも見えなかったから。

「ターニャさんがここにいるということは……関税の起源について、お三方も調べられたということですよね？」

いまいち話の輪に入れず寂しそうにしていたターニャが、背筋を伸ばしていた。

「ここの町は一部の商品について、妙に高い関税が設けられています。その根拠は、勇者ウォラギネの働きによるとか」

「大蛇を討ち取った話ですよ」

自分にもわかる話だということで、ターニャが人好きのする笑顔を見せた。

ロレンスはそれに笑顔を返し、言葉を続ける。

「それはずいぶん古い話です。そして、新しい葡萄酒は古い革袋に注ぐなとも言われます」

「……根拠に疑問があると？」

「税というのは嫌われ者です。強く主張するには、それなりの言い分が必要になります。大昔の嘘か真か怪しげな伝説で人々を説き伏せるのには、限度があります」

こずるいところのある司教は、昔話の威光に陰りが見えてきたことを察したのかもしれない。

そこで将来関税が下げられることを見越し、今のままの金額の金を受け取り続けるにはどうすればいいかと知恵を巡らせた。

そうして司教は、エルサに教会の仕事を押しつけてきたように、今にも消えそうな蠟燭の燃えさしを飾り立てて、ロレンスに渡そうとしているのだろうか。これからもこの蠟燭で変わらず教会を照らし続けてくれれば、この蠟燭をあなたに差し上げよう、と言い添えて。

「関税の根拠がしっかりしていれば、この話に乗るのはそうそう悪いことではないと思っています。逆に荒唐無稽な作り話ならば、いずれ関税は下げられる運命にあるでしょうから、損する可能性が高いですね」

毎年の一定額の納金を約束しているのに関税収入が下がれば、その権益を手にした者が大きな損を被ることになる。ロレンスに持ち掛けられたのは、決してうまいだけの話ではないのだ。

「大蛇を見つけるとでも言うのかや」

酒に酔っているのか、それとも呆れているのか、テーブルに肘をついたホロが憮然とした顔でロレンスにそう言った。

そしてロレンスは、ホロに微笑んでから、エルサのことを見た。

「なんという神のお導きか、私の近くには大蛇の伝説が残る村の出身者がいます」

ロレンスはこずるい司教からの目論見を概ね見抜いていた。

そのうえで、自分の手の届く範囲には色々使えそうなものがある、と考えていたらしい。

これは司教とロレンスの、慇懃な笑顔の下に隠された知恵比べだ。

もちろんその争いに勝てば実利を得られるのだが、ロレンスにはホロに良いところを見せられるという副賞もついてくる。

エルサはホロと視線が合って、肩をすくめてみせた。

ホロが葡萄酒を大きく呷ったのは、どいつもこいつもという言葉を、葡萄酒で飲み込んだからのようだった。

大蛇の伝説が本当で、しかもその根拠を示せるのならば、関税を維持する強力な根拠となる。逆に荒唐無稽な作り話であるのなら、この先も高い関税を維持するのは難しい。大まかにはそんなところなのだが、エルサとしてはロレンスに聞かなければならないことがある。

昨晩の広場でのやり取りから一夜明け、サロニアの町では大市と、それに合わせて催されるお祭りも終盤に差し掛かっている。祭りといってもなにか云われのあるものではなく、今年の収穫を祝い、これからやってくる荒涼とした冬の前の最後の大騒ぎに、豊作をもたらす聖人の話を無理やりくっつけたようなもので、ほとんど単なる大がかりな酒宴だった。

今年はその飲み納めの儀式に提供される酒を選定したということで、ホロは朝から町の人々に呼ばれて祭りの準備に駆り出されている。ちょっとした儀式めいたやり取りの練習と、その際に着るための衣装の調整をしているのだろう。

司教も祭りを取り仕切る立場なため、今日は関税を巡る会議も休みだ。

そんなわけで、広場で酒盛りの舞台がせっせと組まれているのを、近くの酒場で手持ち無沙汰に眺めていたロレンスを見つけたエルサは、声をかけて教会に誘ったのだった。

「あなたは関税について、どのようにお考えなのですか？」

「どう、とは？」

ロレンスは商人らしいとぼけた表情を見せてから、胡桃の実に金槌を振り下ろす。エルサたちがいるのは教会の片隅で、ターニャが手土産として山から持ってきた大量の胡桃を、石畳を利用して割っていた。

「正義の話です」

「正義」

軽く焼かれ、口が開きかけていたところを金槌で叩かれた胡桃の殻は、案外簡単に割れる。

ロレンスが少し愉快そうに胡桃の実を取り上げたのは、そこに正義だの真実だのが隠れているかもしれない、という身振りだったのか。

「関税によって道が整備されたり、川に水車が取りつけられたり、市が整備されたり治安を守る衛兵たちを雇ったりすることができます。けれど、すべての関税がそのように使われるわけではありません」

「私腹を肥やすために。それこそ、虻が血を吸うかのように？」

エルサが金槌を振り下ろし、胡桃が割れる。

「この教会はお金に困っていませんし、材木の値段が安ければ人々が安い値段で家に住むことができます」

「これから冬ですし、暖炉に火を灯す必要もありますね」

「ですから、正義、です」

ロレンスは血も涙もない商人ではないが、商人らしくないわけでもない。

「エルサさんのお話はわかりますが、これからの季節で農作業がないその間、泥炭を掘り出す村の人々は、木材の関税が高いままでいることを望むでしょう」

泥炭を掘り出し町に運ぶのが農民の仕事なら、木材の商いは富裕な商人たちのものだ。民衆の味方という論理を持ち出すと、どっちがどうとも言いにくい。

「ですが、あなたはこの町の関税が高いと言っていませんでしたか？」

ロレンスは胡桃を割りながら、離れたところで町の女たちと一緒になって胡桃を割るターニャを見ていた。胡桃割りに飽きたらしい少女たちが、ターニャのふわふわの髪の毛を櫛で梳いて、好き勝手に編み上げて笑っていた。

「まあ、高いですね。不自然に」

小さな村に住み、まさに税の問題で悩まされていたエルサからすると、税はなんであれ人々を苦しめるものだ、と反射的に思ってしまう。そのような高い税を維持するためにロレンスが働くのは、どうにも嫌な感じがしてしまうのだ。

「下げるべきだと思いませんか？」

ロレンスはホロとは違い、都合が悪いからといってエルサから視線を外すような性格ではない。じっとエルサのことを見つめた後、小さく笑った。

「町には町の歴史があります。よそ者が安易にいじるものではありませんよ」

人の目をまっすぐに見たまま詭弁を言うなど、と怒りを感じた直後、ロレンスはようやく目を逸らした。

「ですから、歴史を知るべきかなと」

ロレンスはターニャたちを見て、それから教会の高い天井を見上げた。そこに外からやってきた女たちの集団が、焼き立てのパンを運び込んできた。たちまち良い香りが辺りに満ち、彼女たちはパンを置くと、今度は割った胡桃の実を受け取って、再び外に出ていった。まだ夜も明けきらぬうちから、明日の祭りで供されるパンを焼いているのだ。どんぐりパンはエルサも積極的に食べたい代物ではないが、胡桃入りのパンはきっと美味しいだろう。

「大蛇が本当にいるとお考えですか？」

ロレンスの妻は狼である。

エルサの言葉に、ロレンスは作り笑いではなく、本当に笑っていた。

「私はむしろエルサさんが熱心に協力してくれるものだと思って、当てにしていたのですけど」

テレオの村の守護神は確かに蛇だ。

「私は教会の神に仕える身です」

「そうでしたね」

なんの気持ちも入っていない言葉で流されて、やはりエルサは憮然とする。

ホロと一緒にいると間抜けな羊にしか見えないが、こうして対峙すると容易に尻尾を摑ませない商人らしさを実感できる。

「ホロさんは、あなたが舞い上がっていると、気が気でないようです」

立派な姿を見て欲しいと奮起する様を暑苦しがっている、とはもちろん言わなかったが、もしかしたら昨晩はホロとロレンスの間で話し合いがもたれたかもしれない。

ロレンスの商人の顔からその辺りのことは推し量れなかったが、エルサの言葉を一蹴するふうでもなかった。

「舞い上がっているのは……まあ、否定できません。なにせ望外の報酬ですからね」

嘘ではなさそうで、エルサとしては若干驚いてしまう。

「あなたにもそういう欲があるのですか」

領主然として外套をはためかせるロレンスの姿など想像もできないが、ロレンス自身、照れ臭そうに笑っていた。

「エルサさんにはまた呆れられるかもしれませんが」

「……どういうことですか？」

ロレンスは手元の胡桃を割って、実を選り分ける。

「ウォラギネ家の権益には、少なからぬ土地の支配が含まれています。私はどちらかというとそれが目当てです」

「……わかりません」

煙に巻こうとしているのではなく、どうやら単に言いにくいらしいのはエルサにもわかったが、いったいなんなのだろうか。エルサが思考を巡らせていたところ、ロレンスは話を逸らすように言葉を続けた。

「まあ、今のところは皮算用なのですけれど、幸運の女神は前髪しかないとも言いますし」

「掴めるときには掴むべきだと？」

「はい」

ロレンスは胡桃の殻を、屑入れ用の袋に捨て、手を払う。

エルサはその様子を見ながら、問わざるを得ない。

「しかし私を当てにしていると言いましたね。私が大蛇を見つける特別な目を持っているとでも思うのですか？」

エルサの問いに、ロレンスは自嘲気味に笑っていた。

「ホロがすっかりへそを曲げているようなのです。なので、話を進めるにはエルサさんの協力が必要だなと」

「……？」

一瞬エルサにはロレンスの言葉の意味がわからなかった。しかし、どこか悪戯めいたロレンスの様子に気付き話の意図が見えてきた。

「私があなたに協力すれば、ホロさんもついてこざるをえないということですか」

「狼は縄張りにうるさいですから」

まったくこの男は、と呆れてしまう。

ホロに良いところを見せたいが、このまま話を追いかければホロがいよいよ本格的に怒るかもしれないと危惧している。とはいえおいそれと諦められないのは、やはり出世欲ではなく、最愛の妻のためなのだ。

愛を説くのが仕事のひとつである聖職者のエルサとしては、強く諌めるのが難しい。

「あなたたち二人は、昔と全然変わりませんね」

互いにはっきり口に出さず、いつも遠回しに気を使い合うような。

「褒め言葉と受け取っておきましょう」

ロレンスの口ぶりにエルサは笑顔を浮かべながら、ひときわ強く胡桃の殻に金槌を叩きつけたのだった。


祭りの準備は午前中で終わったようで、昼過ぎにはホロが教会にやってきた。準備の最中にも酒が振る舞われたのか、頬をほんのり赤くしていたが、目が据わりがちなのは昨晩にロレンスと一悶着あったからだろう。

もちろん商人として面の皮の厚さを鍛えてきたロレンスは、そんな妻の様子に気がつかないふりをきっちりこなし、大蛇の伝説を調べに行かないかと言い出した。

わざとらしくエルサに視線を寄こし、片目を瞑ってみせかねないロレンスに、エルサはため息交じりにではあったが同意した。すると自分の獲物を取られては困るとばかりに、ホロは自分もついていくと言い出した。ホロ自身、まんまと乗せられているとわかっているのだろう。

もちろんエルサの目に映る二人のやり取りは、虚々実々の思惑のぶつけ合い、なんていう高尚なものではなく、根底にある絶対の信頼感を盾にした、子供っぽい意地の張り合いだ。

要するにエルサは迂遠な二人のじゃれ合いに巻き込まれた形なのだが、ついつい付き合ってしまうのは、二人の愛の証人を買って出てしまった責任感からだろうか。

そんなわけでターニャも連れて、荷馬車に乗ってサロニア近郊のウォラギネ家の旧領地へと向かったのだった。

「討ち取った大蛇の頭蓋骨でも飾ってあれば、それで一件落着なんだが」

馬の手綱を握るロレンスが言うと、少し冷たい秋の風に吹かれて酔いが醒めつつあるらしいホロが、ロレンスの隣で毛織物を肩に巻きながら言った。

「そんなものがあるのなら、とっくにこれ見よがしに教会に飾られておるじゃろうよ」

「私も年代記を読み直してみましたが」

と、ターニャと共に荷台に座るエルサは、口を挟む。

「討ち取ったというより、追い払ったとも解釈できる書き方でした」

教会としては、はっきり討ち取ったと宣言するほうが効果が高いはずだ。たとえ単に追い払っただけなのだとしても。

けれどそうしていないのは、あまり大々的に喧伝すると、狩りの勲章はどこだと騒がれかねないためではないか、とうがった見方も可能だ。

「ぬしのおった山には逃げてこなかったんじゃな？」

ホロが肩越しにターニャを振り向くと、教会で娘たちに編まれた髪の毛を嬉しそうにいじっていたターニャが、驚いて背筋を伸ばしていた。

「は、はい。大きな蛇がきたら、すぐにわかったと思います」

当時のヴァラン司教領の山は、鉄鉱石の採掘のために削られ丸裸にされていたというから、見通しもずいぶん良かったに違いない。

「そもそも、人の槍やら剣やらでどうにかなるものかのう」

巨大な蛇だったとすれば、鱗もきっと鉄のように堅いはず。それを一刀両断できたとは到底思えない。

エルサは年代記に書かれていた教会文字を、頭の中で俗語に訳してから言った。

「勇者ウォラギネが剣を振るい、蛇の首に突き立てた。蛇は大きな鎌首をもたげ、断末魔の悲鳴を上げた。以来、サロニアの平原に平和が戻った……」

短い話を聞き終えると、ホロはふんと鼻を鳴らしていた。

「なにやら首がこそばゆくて昼寝から覚めて、大あくびをしただけかもしれぬのう」

エルサにも、そんな様子が簡単に想像できた。

「そもそも蛇に害意があったのなら、サロニアの町も大変な目に遭ったと思いますが……町に被害があったとは書かれていませんでした」

「人より美味そうな馬やら羊やらがおったじゃろうし、こんな見晴らしの良い土地で町を見落としたはずもなかろうしのう」

「異教の蛇の神には、特にお酒が大好きという話が多いですし」

エルサの育ての親である司祭は、異教の神々の話を蒐集していた。自身も旅に出た時に折を見てはその手の話を聞き集めたエルサは、記憶をたどってそんなことを言う。

「であれば、やっぱり作り話ではないのかや？」

司教がきっちり計算のうえでこの話をしているとわかった以上、ホロとしてはロレンスにあまり深入りして欲しくないというほうに傾いているようで、大蛇の話は荒唐無稽であるという立場を取りたいのだろう。

粘度の高い視線を向けられたロレンスだが、肩をすくめただけだ。

「一介の戦士が一発で領主になれて、しかも発展しつつあったサロニアの町の関税やらを手に入れられたんだ。生半可なことではないはずだ。大蛇討伐は、それに見合う話だと思うし、逆にそれ以外だとちょっと思いつかないんだよ」

エルサはその言葉に、確かに、と胸中でうなずく。ロレンスはやはり単にうまい話に舞い上がっているのではなく、きちんと手の中のそれを品定めしている印象がある。削れば宝石が出てくるのでは、と。

ただ、エルサとしては、だからこそ不思議に思うところもあった。

ロレンスは、大蛇がいたと本気で思っているのだろうか？

自身の伴侶がまさに伝説上の狼の化身なのだから、可能性という意味では、普通の人々よりもその実在を信じる傾向があっても不思議ではない。けれどそれは翻って、狼の化身をはじめとした、いわば異教の神々の一員である大蛇が討伐されたがゆえに設定された特権を、どうにか手に入れようということを意味する。それは狼の化身を妻にした人間として、なんだかいささか無神経ではなかろうか、とエルサなどは思う。

狼と蛇は全然違うと言うこともできようが、エルサにはどこか腑に落ちないものがある。

関税を高く維持しようという、ロレンスという人物の印象からは外れるような、正義に反すると思えることに加担しようとしていることも含め、疑問符ばかりだった。この羊のふりをした元行商人は一体なにを企んでいるのかとエルサが訝しんでいると、荷馬車が速度を落とし、少し賑やかな場所に差し掛かった。

「なんじゃこれは」

ホロが驚いたように言ったのは、初めて見る代物だったのかもしれない。

「舟橋だよ。お前、渡ったことなかったんだったか？」

サロニアの東の町外れを流れる川には、しっかりとした橋が架けられていなかった。代わりに川には船が何艘も浮かべられ、その上に渡された板が対岸にまで続いている。

ロレンスが橋守に渡り賃を支払う間、ホロが身震いするように舟橋を見つめていた。

「こんなところを渡るつもりなのかや？　下は船じゃろうが。なぜ橋を架けぬ！」

「雪解けや、季節によって水量が大きく変化するのだと思います。橋を架けるよりも理に適っているのでしょう」

どんな水量にも耐えうる橋を作るというのは、非常に費用と手間のかかることだ。季節要因で橋が流される恐れがあるのなら、簡単に設置できて簡単に撤去できる舟橋のほうが合理的だろう。エルサの村でも、ほんの小さな橋の架け替えだったのに信じられないくらいに揉めたりした。

エルサがそのことを思い出しながら少し上流に目を向ければ、舟橋と同じ要領で船に括りつけられた水車が浮かんでいるのも見えた。水量が変化しても、船の上にある水車は水面と一定の距離を保てるので、安定して利用することができる。収穫した小麦の脱穀や粉ひきが必要なこの地域には、水車の安定的な利用は死活問題だ。

「人は相変わらず妙なことを考えるのう……」

ただ、舟橋と言っても人の多い街道に渡されているものなので、むしろ今にも腐り落ちそうな小川に架けられた木橋よりよほどしっかりして、幅も広い。現に商人や村人たちが、荷物を満載にした荷馬車を怖がりもせず渡している。

とはいえ船の上にあるのは確かなことで、常時かすかに揺れているあたりが、ホロの狼の部分を刺激するのかもしれない。

むしろ木の上を軽快に走る栗鼠であるターニャのほうが、川の上を渡るという行為にわくわくしていて、ロレンスが渡り賃を払い終わって目配せすると、率先して歩いていった。

「私たちも行きましょう」

エルサはホロに声をかけてから、ふともう一声追加した。

「酔って足元がふらついていませんよね？」

「たわけ！」

賢狼と呼ばれた狼は、おっかなびっくり一歩を踏み出し、舟橋のど真ん中をそろそろと歩いていった。

川はそこそこの大きさで、船の往来も多い。

けれど舟橋で川を塞いでしまったら、川を上り下りする船はどうするのかと思えば、舟橋が終わる洲の部分のさらにその先に、川を上り下りする船が通るための運河が掘られていた。

「こっちは立派な川港ですね」

「川を下る荷物の関税などは、ここで集めるそうですよ」

エルサたちより少し遅れて舟橋を渡ってきたロレンスが、追いついてきてそう言った。

「それに春先の雪解け水が多い時期になると、この舟橋すべてを取り払って大量の木材を流すんだそうです。木材と濁流に巻き込まれないための避難場所にもなっているとか」

「それで橋じゃないんですね」

丸太のような重い物は、人の手で運ぶなど現実的ではない。大きな町のほとんどが水際にあるのは、建設のための資材を運び込みやすいからだ。そして人が何人も乗れるような巨大な丸太の束が、雪解け水の奔流に乗ってひっきりなしに流れてくるならば、どんな頑丈な橋だって心許ないだろう。

そんなことを話しながら中洲を渡り、役人が詰めているらしい小さな小屋を通り過ぎ、運河に架けられた小さな木橋に差し掛かる。護岸に木の枠が打ち込まれて整備され、穀物やらを満載にした小舟が何艘も繋留されている。対岸にはずらりと建物が建っていて、倉庫や酒場、それに船乗りたちの宿のようだった。

さらにそこから平原に延びる道沿いにはいくつか露店が出ていて、美味しそうな匂いと煙が上がっていた。

「なにか買うか？」

ロレンスにそう尋ねられていたホロだが、なんの意地なのかぷいとそっぽを向いて、さっさと荷馬車の御者台に座っていた。

やれやれと笑うロレンスと目が合ったエルサは小さく笑い返してから、荷台に上がろうとして四苦八苦しているターニャのお尻を押し上げて、自分も荷台に乗ったのだった。

「この辺りは木がなくて寂しいですね」

賑やかな川沿いを離れてしばらく行くと、ふとターニャが言った。

「収穫の終わった麦畑は、毛を刈りたての羊みたいなものじゃからな」

サロニア周辺は大穀倉地帯で、行けども行けども畑が続いている。区画を仕切り、麦を倒す風を和らげるための灌木類が所々に植えられているが、かえって寂しい印象を与えている。

町の大市や、あの川に集う船にたっぷり積み上げられている麦袋は、この広大な平野からもたらされたものだ。

「わっちゃあこういう風景も嫌いではないがのう」

御者台に座り、やや眠そうな顔のホロはそう言った。畑では今も収穫の真っ最中で、長い三つ編みを揺らしながら体いっぱいに大鎌を振るう娘たちがいる。収穫の喜びに沸く農村の様子を、ホロは優しそうな目で見つめていた。

それから代わり映えのしない、のんびりした道を延々と進んでいって、ターニャがやがてこくりこくりと船を漕ぎ、エルサもまたあくびを噛み殺すような頃。

ロレンスに寄りかかってすっかり眠りこけていたホロの肩を揺らし、ロレンスが言った。

「ほら、見えてきたぞ」

その言葉にエルサも馬車の先を見てみれば、ずいぶん遠くにではあるが、小高い丘の上の建物がかすかに確認できた。

「旧ウォラギネ家の居城だな。今は収穫の倉庫とか、村の寄り合い所になっているらしいが」

「ふわあ……。ふんっ」

寝ていたところを邪魔されたせいか、それともこの件自体にご機嫌斜めなのか、鼻を鳴らすホロにロレンスは少しも怯んでいない。

「石造りの立派そうな建物ですね」

塔まで有しているのは、往時には要塞としても機能したからだろうか。

「よもやあの丘が丸ごと蛇の塚という落ちではないじゃろうな」

今でもそこで蛇が寝ているのなら話は早いし、エルサはテレオ村の守り神の行き先に心当たりがないかと、その蛇に聞いてみたいなどと思ったりもした。

「……ホロ様なら、勝てますよね？」

荷馬車で不安そうにしているターニャに、ホロは不敵に笑っていた。

「なに、勝てずとも間抜けな羊が食べられている間に逃げれば良いじゃろう」

手綱を握る間抜けな羊は苦笑いし、荷馬車を進めていく。

このあたりはまだ麦畑の刈り取りに手がつけられていないようで、立派な麦穂が揺れている。

ホロは荷馬車の御者台でそんな麦畑を静かに、懐かしそうに眺めていたし、エルサはふと、そんなホロのことを盗み見るロレンスの優しげな視線に気がついた。

なるほど、と理解するのにこれ以上の手がかりは必要ない。

教会で胡桃を割りながら、どうしてこの話を進めようとするのか、ロレンスはその説明で口ごもった。

それも、照れ臭そうな顔で。

御者台に並んで座る二人は紆余曲折の冒険の後、ずいぶん北の地に居を構え、湯屋を開くことになった。平原の村で生まれ育ったエルサには、山奥という言葉ですら足りないような、どうしてこんなところに道が続いているのかと思うような場所だった。

ホロは元々そういう山深い土地に住んでいたらしいが、ある日南に向かって旅に出て、ずいぶん南の村で何百年と麦の豊作を司ってきたらしい。山が迫りくるニョッヒラとはまったく違う、見渡す限りに麦畑が広がるような土地で。

しかし、ロレンスはホロが危惧していたような、ニョッヒラの湯屋を売るなどということは露ほども考えていないだろうと、エルサには確信ができた。

この、酒の席でせっせと姫の機嫌を取る侍従のような男は、姫が塩辛い食べ物でお腹いっぱいにした後に、甘いお菓子を用意しようとしているのだから。

「さあ、ついたぞ」

ホロはどこまでロレンスの無邪気さに気がついているのだろうか。

エルサには掴みきれなかったが、御者台からひらりと降りたホロは、麦の香ばしい香りを胸いっぱいに吸い込んで、服の下で豊かな毛並みの尻尾をぱたぱたとさせていたのだった。

小高い丘の上からでも、サロニアの町は見えなかった。

塔の上に登ればどうにか見えるかもしれないが、普通に暮らす分には気になるまい。

ここを住処とすれば、見渡す限りに自分の土地で、一国一城の主気分をたっぷり味わえるだろう。

「おや、エルサさん？」

旧ウォラギネ家の城砦の門を叩けば、中から出てきたのはサロニアの教会で見知った助司祭だった。エルサは助の字がつかない司祭の位だが、あくまで臨時の階位なので、サロニアという大きな町の教会に勤める助司祭のほうが立場は上だ。鼻の下に髭を蓄え、少しでも老けた印象を出して貫録を出したがるのは、出世を見据えてのことだろう。髭を剃れば案外若いその助司祭は、エルサたちの訪問を驚きつつも歓迎してくれた。

「ははあ、関税の揉めごとの仲裁を」

旧ウォラギネ家の城砦は、遠くから見ると巨大な石造りの箱に見えたのだが、門をくぐると広い中庭があり、建物もずいぶん奥行きがあった。庭の敷地には壁のない木造の東屋があり、収穫の時期にはここで脱穀作業をしたり、収穫した麦の梱包作業をするのだろう。

日頃から誰かが住んでいるような感じではなく、どこか閑散とした雰囲気だった。

そんな中庭を横切りながら訪問の理由を説明すると、助司祭は「いかにも司教様が考えそうなことです」と呆れたように笑っていた。

「麦畑と村落の管理はこれでなかなか大変ですからね。司教様はその手の面倒ごとをすべて押しつけられるなら、とお考えなのでしょう」

外観こそ石造りだが、主屋の一階は踏み固められた土の床で、嗅ぎなれた埃っぽさがある。

本来は領主がでんと構えるのだろう大広間には、藁束やら農機具やらが乱雑に積まれ、飼い犬なのか単に住み着いているだけなのか痩せた犬がうろうろして、ホロのほうを卑屈そうな目で窺っていた。

暖炉近くに置かれた長テーブルに案内され、助司祭は火の側で温められすぎて完全に酒精の飛んだ葡萄酒を出してくれた。

「小麦の儲けはそんなに大きくないのですか？」

司教の狙いは関税権から入ってくる金額の維持のようなので、領地から上がるその他の収益はそのままロレンスの儲けになる。司教は付随する面倒ごとや関税収入の将来的な減少の危険を天秤にかけて、関税収入の維持だけに絞ったほうが得策だ、と考えたことになる。

「そうですねえ。今年のように豊作ならば問題ありませんが、いかんせん波がありますから」

「かといって日々の無駄遣いを調整することもできませんしね」

エルサはサロニアの教会の帳簿管理も押しつけられていた。放漫、杜撰、支離滅裂、と表現する以外にない数字と戦っていたエルサがちくりと言葉を挟むと、助司祭は苦笑いだった。

「そういうことです。例年通りに支出をしたが、収入が激減しててんやわんや、なんてことが少なくありません。特に三年ほど前でしょうか。黒麦の病が出ましてね」

お世辞にも美味しいとは言えない葡萄酒を啜っていたホロが、頭巾の下で耳を動かしながら視線を寄こしてきたことに、エルサはもちろん気がついた。

テレオの村を巡る騒ぎに、その麦の病があったからだ。黒くべとべとと腐ったようになってしまうその麦を食べれば、幻覚を見たり、妊婦ならば流産すると言われている。

畑の一部からその病が出れば、区画全ての麦を焼かなければならないし、風評のせいでその土地の麦は売れ行きが悪くなる。

「それは大変だったでしょう」

「ええ、まったく骨の折れることでしたとも。神はお助けくださらないのか、なんて村人たちから詰め寄られていたあの頃のことを思い出すと、今でも胸が痛くなりますよ」

本来ならばそうした人々の苦しみを受け止めるのが聖職者の勤めだろうが、あの司教はきっと助司祭たちにすべて任せていたに違いないし、将来起こりうるだろう似たような問題を誰かに引き取ってもらいたいと願っているのだ。

「それでなくとも、粉ひきのための水車の維持管理の問題や、土地の区画をめぐる問題なんかでややこしい話が常日頃から満載ですからね。小麦の収入でその問題を誰かに丸投げできるなら安いもの、ということではないでしょうか」

まさに司教からその仕事を押しつけられてこの建物に詰めているのだろう助司祭は、そう言って乾いた笑い声を上げた。

牧歌的な農村も、決して牧歌的なだけではないのだから。

「ただ、そうなるとやはり、うまいだけの関税権については疑問が残りますよね」

口を開いたロレンスに、全員の視線が集まった。

「ウォラギネ家は、どうやってその関税権を手に入れたのでしょうか」

助司祭はため息をついて鼻の下の髭を揺らすと、肩をすくめていた。

「まさに木材商人たちからそう問い詰められて、司教様はあなた様をお呼びしたのでは」

かつてこの土地を混乱に陥れていた大蛇と戦ったという、勇者ウォラギネ。

「大蛇討伐の話は本当なのですか？」

ロレンスの無知を装った問いかけに、助司祭は難しい顔をしてから、しかつめらしくこんなことを口にした。

「神がご存知でしょう」

本人は信じていないが、信じていないとなると、教会がウォラギネ家から継承している関税の徴収は欺瞞だということになる。自分の思っていることをはっきり口にできない立場の助司祭は、大きな町で生きる聖職者らしく、処世術で質問を受け流した。

「なにか証拠になるようなものが残っていたりは？」

エルサの問いに、助司祭はにべもなく首を横に振る。都合よく大蛇の頭蓋骨が残っているわけではないらしい。

「少しだけ、この城や周辺を調べさせてもらっても構わないでしょうか」

ロレンスの問いに助司祭は目をぱちくりとさせたが、断る理由もないと思ったのだろう。

「構いませんよ。領地の権利についての文書などはサロニアの教会に移管してありますが、過去の煩雑な記録類はまだここの地下室に残されていたはずです。ああそれと、後ほど村長や村の主だった者たち、それに出入りの商人たちがここに集まります。麦の刈り取りや運搬についての話し合いがありますから、その際に地元の人間にお話を聞かれるのもよろしいのでは」

ロレンスが領主になれば、この助司祭もわざわざこんなところにまできて小麦の管理をする必要がなくなるし、これからサロニアの教会とも長い付き合いになる。ならばここでロレンスに協力し、恩を売ることで後々自分が出世する際の後ろ盾とするのも良い判断。

助司祭の考えはそんなところだろうか、とエルサは自然に考えている自分にはっと気がついて、頭を振った。テレオの村を出て以来、聖職者たちに対してどんどんうがった見方をするようになってしまっている。

村にいた頃は純朴で穏やかだったのに、都市に出稼ぎに出かけて戻ってきたら疑り深く人を信用しなくなっていた、なんて話は珍しくない。

旅というものはそれでなくとも人を変える。

エルサはただでさえ怖いと言われる自分の顔を両手で擦り、疲れたように息を吐く。

そうこうしていると、話しに一段落ついたところで、助司祭が立ち上がった。

「では、私は会議と夕食の準備に人を呼んでこなければなりませんので、いったん失礼します。この建物内も自由に散策してください。普段は人が住まず倉庫として使われていますから、特に鍵などもありません」

「ありがとうございます」

助司祭に礼をし、その姿が奥の部屋に消えてから、ロレンスは「さて」と言った。

「俺は地下室でかびと埃と格闘してくるが」

「ふん」

ホロは鼻を鳴らしてそっぽを向いていた。この件で不機嫌というより、埃っぽいところは嫌なのだろう。

「わっちゃあこやつと蛇が埋まっておらぬか調べてきんす」

ホロに指をさされたターニャはきょとんとしてから、嬉しそうにうなずいていた。

「ではエルサさんは、建物になにか歴史が刻まれていないかの調査をお願いできますか」

流れ的にロレンスと一緒に地下室に行くことになりそうだったエルサに、ほかならぬロレンスがそう言った。かび臭い地下室で埃まみれにさせるわけにはいかない、という気遣いなのだろうが、こういうところの気の回し方はさすが商人だとエルサも感心する。

それと同時に、これだけ細やかに気配りできるロレンスが、どうしてホロの側だと間抜けに見えるのかと疑問も尽きない。

「さあて、うまく見つかるといいんだがな」

のんきな様子のロレンスとホロを見比べ、エルサは肩をすくめたのだった。


ホロがターニャを連れて外に行き、ロレンスが腕まくりをして地下室に向かったので、エルサもあまり気が乗らなかったが、古い城砦の中を見て回ることにした。

歴史というのは羊皮紙に記されることもあるが、壁に絵として残されることもある。ヴァラン司教領の聖堂ではまさに絵として残っていて、どう見ても不可解だったそれにも真実が記されていた。あるいはこっそり祠のようなものが残されていて、大蛇が祀られていたりすれば話は早いのだが。

エルサはそんなことを思いながら建物の中を散策し、見慣れた日々の農村の暮らしの残滓を確かめるばかりとなった。

そこは人が住んでいないので家具がなく、がらんとした部屋の隅には麦わらやらが寂しく残されている。壁のあちこちに彫られた燭台も長らく使われていないようで、埃がたっぷり積もっていた。

二階や三階に上がったところで状況はあまり変わらず、村の祭りや寄り合いで使うのだろう、普通の家ではまず持て余す巨大な鍋やらがしまわれているくらいだった。

がたつく木窓を開けて外を見れば、中庭をぐるりと取り囲む防壁のせいで視界が悪い。

かつては異教徒との戦場であり、戦火に見舞われたこともあるのだろう。

そんな人と人との争いの中を、巨大な蛇が我関せずと歩く様を想像して、エルサはつい笑ってしまう。

「勇者ウォラギネ。あなたは本当に蛇を倒したのですか？」

その蛇のせいで、物流が滞っていたという。

この建物はがっちりと石壁に四方を囲まれているが、大蛇の大きさというのがホロたちと似たような基準なのだとしたら、脱皮の際に残った皮を剥がそうと体を擦りつけるだけで簡単に崩れ去ってしまうだろう。

教会に残されていた伝記には、剣を振り上げて首に突き立てたのだという。

よしんば勇者ウォラギネが異教の神を討ち取れるほどの膂力の持ち主だったのだとしても、賢狼と呼ばれた狼や、禿山にせっせと木を植えていた気のいい栗鼠と知り合った身としては、剣を突き立てる前にできることがあったような気がする。

彼らは決して、話しの通じない相手ではないのだから。

木窓を閉じて部屋を出て、階段を下りている最中にふと頭にひとつの考えが降りてきた。

「それとも……あの狼夫婦と同じ、とか？」

エルサはその可能性に思い至り、やや驚いた。もしも蛇の化身と勇者ウォラギネが心を通わせていたのなら、奇跡の演出などたやすいものなのだから。

「ロレンスさんはその可能性を見越していたのでしょうか」

賢狼ホロの真の姿を見たことがあるエルサとしては、あの手の存在に人が立ち向かって、力で勝てるはずがないという確信がある。もう何年も一緒にいるロレンスならば尚更だろう。

だとすると、蓋然性が高いのはどんな事態かと詰めていけば、そこにたどり着くのは難しくないのかもしれない。

大蛇と勇者ウォラギネは恋仲か、あるいは友人同士で、この土地の伝説は作られたものだと。

「……すでに町でその手の話を聞いていたとか、いかにもありえそうですね」

間抜けそうに見えるのは最愛の妻の横にいる時だけで、実のところ抜け目のない男なのだ。

そしてもしも勇者ウォラギネによる大蛇討伐の伝説が作り話であるのなら、ロレンスが平気な顔でこの土地の特権を手に入れようとするのも合点がいく。

むしろ自分たちと同じような存在がいたのだとホロに示せれば、あの塞ぎがちなところのある狼には良い知らせかもしれない。

「しかし」

と、エルサは中庭に出て、だいぶ色がついて夕刻が迫りつつある日差しの中を歩きながら、両腕を組む。

「そのことをロレンスさんたちが確信することと、木材商人たちを説得することは別問題のはずなのですよね……。どのように市井の人々を説得するつもりなのでしょう」

問題は、ロレンスたちが真実に気がつくだけでは不十分なことなのだ。大蛇を巡る伝説を木材商人たちに納得させ、関税は正しいものだと説得させなければならない。そして頭蓋骨のようなわかりやすいものがあったのなら、すでに司教が自身で木材商人たちを黙らせていたはず。ならばロレンスはなにか別の決定的な証拠を手に入れたと考えるべきなのだが、皆目見当もつかないし、そんなものがあるというそぶりも見せていなかった。

獲物を追い詰めたと思ったら、袋小路の論理の道の先からふっとその姿が消えてしまう。

ロレンスは一体、なんの尻尾を摑んでいるのか。

あるいは、摑んだと思い込んでいるだけなのか？

「ホロさんの協力が得られていないのですから、特殊な方法ではないはずなのですが」

理屈がはっきりし、論理の筋道が美しくまっすぐ伸びていることに喜びを感じる性格のエルサなので、うまく説明できないことがあるとどうしても気になってしまう。

足元を見つめながら思考に没頭して歩き回っていたら、いつのまにか城砦の外に出てしまっていた。

テレオの村ではこういう時、大体顔を上げると子供を連れた夫が呆れ顔で笑っている。けれどもその村からずいぶん離れたサロニアの平原には、秋の色に染まった草に腰掛けている少女の姿だけが、ぽつんとあった。

子供の湿った小さな手の感触を思い出しながら、エルサはホロに歩み寄る。

「ここの麦畑はいかがですか」

エルサが隣に立ってもちらとも視線を向けないが、人の目がないのをいいことに露わにした狼の耳は、相槌を打つようにぱたぱたと動いていた。

「ロレンスさんは、この光景をあなたに贈りたいのでしょうね」

見渡す限りの黄金色の海。

平野生まれのエルサは、ニョッヒラのような狭苦しい場所よりよほど好きだ。

「喜んであげたらどうですか？」

無邪気に、と付け加えようとしてやめたのは、意固地になるかもしれないと思ったから。

「たわけ」

ホロは短くそう言ったものの、言葉に力が感じられない。

ぱたぱたと草地を叩く狼の尻尾も、不機嫌にしては切れがない。

エルサが黙って側に立っていると、ホロは大きくため息をついてから口を開いた。

「色々残そうとしてくれるのは嬉しいがのう」

ホロは立てた膝の上に頬杖をついて、不貞腐れた女の子のように麦畑を見つめている。

「残されすぎも困りんす」

贅沢な悩み、とも一瞬エルサは思ったが、助司祭の言葉を思い出した。

「管理が大変だそうですからね」

「まったくじゃ、あのたわけは……」

と、ホロは立てていた膝を下ろし、胡坐をかいた。

「わっちならば尻尾の一振りで麦を豊作にできると思っておるんじゃろう」

「できないのですか？」

その問いに、ホロはようやくエルサを見て、睨みつけた。

「できるに決まっておるじゃろうが」

ならば、と言いかけたが、問題はそれだけではないのだ。

そうやって豊作にしたところで、何十年か後、収穫の様子を眺めていた歳若い少女が立ち上がって城砦に帰っても、かつての伴侶の姿はない。

エルサはそう思ったのだが、ホロの口から続けられた言葉はもう少し現実的なものだった。

「麦は育てて終わりではありんせん。人が走れば疲れるように、土も使えば疲弊しんす。大雨が降れば土地から肥沃な土が流れていくし、水路は簡単に壊れてしまいんす。そういったことまでわっちには対処できぬ。日照りならば尚更じゃし、刈り取った後の麦のこととなるとわっちゃあもはや完全に無力じゃ。麦を高値できちんと売れるのか、それとも性悪な商人やらに騙し取られるのか、そのすべての世話を焼くことはできぬ。人の世の仕組みは、面倒で複雑なんじゃ」

麦の育成と麦畑の経営はまた別もの、と賢狼は理解しているのだ。

「湯屋を空っぽにするわけにもいかぬじゃろうし、不肖の娘はあのたわけにそっくりなところがあってのう。なおさら土地の管理のような細かいことは無理じゃろう」

一人娘のミューリは今では聖女などと呼ばれているようだが、どうも世に流布している評判とは少し違うらしい。ロレンスとホロの娘とは、どんな少女なのだろうか。

エルサは想像して、なぜか笑えてきてしまう。きっと眩しいくらいに屈託のない少女なのだろうから。

そして、エルサは思ったことをそのまま口にした。

「幸せな悩みですね」

ホロの胡乱な視線を感じたが、エルサは微笑みながら麦畑を見やり、ようやくホロのほうを向いた。

「違いますか？」

麦畑に混じればすぐに見分けがつかなくなりそうな髪の毛を、そよ風に揺らしたホロは唇を尖らせた。

「違わぬ」

けれども出てくるのは、大きなため息だ。

「酒と二日酔いの関係に似ておるがのう」

「何事もほどほどが一番です」

「まったくじゃ！」

ホロはそう言って、ごろんと横になる。

「愛されすぎるのも、辛いものでありんす」

照れも衒いもないし、実際に愛されすぎだとエルサは思う。

それこそ、近くにいるだけで笑ってしまうくらいに。

「ターニャさんに任せたら、案外うまくやれるのでは？」

エルサは思いつきを口にしてみたものの、すぐに思い直す。

「いや、人が好すぎるとうまくいかない気もしますね」

「んむ。あやつは山で木を相手にしておるのが向いておる。ほれ、開けた場所では不安そうじゃろうが」

体を起こしたホロが顎をしゃくれば、道に迷ったようにとぼとぼ歩くターニャの姿が見えた。

ターニャはホロとエルサに気がつくと、ぱっと顔を輝かせて両手を振ってきた。

「蛇はいないということでしょうか」

「わ、ど、どうしましょう」

山を転がるドングリを追いかけるように駆けていたターニャが急に足を止め、口元を手で押さえながら言った。

「お二人の新しい棲家でしょうか」

エルサは一瞬意味がわからなかったが、ターニャが栗鼠だったことを思い出す。

手を引かれたホロがロレンスと共に入っていったのは、石造りの塔だった。

ターニャは木に暮らす栗鼠の化身だから、塔が二人の巣に見えたのだろう。

エルサは少し考えて、悪戯っぽく言った。

「私たちでホロさんに相応しい家かどうか調べなければなりませんね」

ターニャは大きな眼をぱちぱちさせて、屈託なく笑う。

「そうしましょう！」

ターニャも案外悪い奴だと思いながら、エルサはホロたちがくぐった扉を開け、塔の内部に足を踏み入れた。

その塔は螺旋状に階段が続く立派な代物で、ちょっとした貴族の見栄で作られたようなものではないことに面食らった。戦乱の時代に使用されたのだろうかと思うものの、エルサはなんとなく奇妙な気がした。こんな平原で、塔を一本建てたところで、どれだけ戦の役に立つのだろうかと。

サロニアの町の側を流れる、舟橋のことを思い出してしまう。世の中でなんらかの形を取っているものは、それなりの理由があってそうなっているのであり、一国一城の主の気分を味わいたいならば、丘の上からの眺めでも十分すぎる。

それとも、塔の頂上から見張らなければならないなにかがあったのだろうか？

あるいは、それが蛇だということなのだろうか。

ターニャの後に続いて階段を上りながら、エルサはあれこれ考える。

けれどもこれといった確信が持てないまま、壁に開けられた小さな窓の外の景色は、どんどん高所からのものに変わっていく。どこかに歴史を記した絵がないかと散策し、中庭を見下ろした三階の木窓から見た景色を越え、やがて建物の屋根が見えてくる。

ふと、中庭を村の者たちと歩く助司祭が見えた。それがひどく小さく見え、遠い世界のことのように感じてしまう。

塔の階段はまだ続く。

息が切れたらしいターニャの足が鈍り、励ましながら上っていく。

そして、目が回りそうになる頃、周囲をぐるりと囲む石壁よりも上に出た。

あと螺旋を一回転すれば塔の頂上というところ。

エルサが足を止めたのは、ターニャがへばっていたからでも、このまま行くと狭い塔の頂上でホロやロレンスと鉢合わせると思ったからでもない。

壁に開けられた穴の向こうの景色に、目が釘付けになっていたからだった。

「これ……そんな、まさか……？」

思わず呟いてしまい、荒い息の合間に固唾を呑み、さらにまじまじとその光景を見た。

エルサは神の僕として、聖典に記された神の奇跡を人に聞かせ、信仰を磨き続けてきた。その一方で、異教の神々の話を集めていた育ての父の跡を継いで、自身でもあれこれの話を集めていた。そんな折りに村にやってきた、行商人と少女の奇妙な組み合わせだった。

彼らはエルサが夢物語だと思っていた世界に生きる存在で、エルサが思いもよらない世の形を見せてくれた。その彼らが、再び見せてくれたのだ。

時を超えた伝説の、その動かぬ証拠というものを。

「え、ええ？　蛇さんの足跡ですか⁉」

エルサの横から壁の穴を覗いたターニャが、頓狂な声を上げた。

やはりそれは見間違いではなく、誰もが一目見ればそう思うものだった。

エルサの視界に確かに映っているのは、風になびき、秋の午後の日差しに照らされた黄金色の麦畑にくっきりと残る、巨大な蛇が這いずったとしか思えない跡なのだから。

「で、でも、ですが……」

エルサは目の前の光景に、奇妙だ、という違和感が強烈にあった。

そのうちでも最も確かめやすいことを、ターニャに尋ねた。

「ターニャさんたちは、蛇はいなかったと……」

問いかけられ、ターニャ自身が、はっとしていた。

「あ、そ、そうですね。え……あれ？　じゃあ、なんで……？」

狼の鼻を持つホロまでもが、蛇の存在に気がつけなかったとは思えない。それともこの痕跡を麦畑に残した大蛇は、ホロやターニャたちをさらに超える、もっと超常のなにかだというのだろうか。

それこそ、姿を見せず、気配も感じさせず、ただ麦畑にのみその痕跡を残すような。

そんな馬鹿な、とエルサが思った時、まさに頭上から同じ言葉が聞こえてきた。

「わ、わっちが見落としたじゃと？　そんな馬鹿なことありんせん！」

眼前に広がる光景を、ホロもまた納得できなかったようだ。その叫びに似た動揺の声に、エルサはターニャと顔を見合わせて、口に人差し指を当ててからゆっくり上るようにと階段の先を示した。

「こんな……麦畑に蛇が這いずった跡など……」

もう少しで塔の頂上に出るというところで、エルサとターニャは足を止めた。

「不思議だよな。下からだと気がつきにくいんだが、上から見るとはっきりこのとおり」

ロレンスのちょっと得意げな声が聞こえてくる。ホロが肩をいからせ尻尾を膨らませている様が、エルサには容易に想像できた。

「うぅ……じゃが、わからぬ。絶対に蛇の気配など欠片もありんせんかった。それに、なによりじゃ！」

と、ホロは悪夢を振り払うかのような悲壮な声で言った。

「ばかでかい蛇が這いずったならば、穂が折れ、倒れておったはずじゃろう？　ふわふわと霞のような蛇が、撫でるように表面を這いずったとでもいうのかや⁉」

ホロたちは普通の人間からすれば目を疑うような超常の存在なのに、そのホロが混乱し、取り乱している。けれどもそれに答えるのは、実に落ち着き払って、含み笑いさえ感じられる元行商人の声なのだ。

「逆だよ」

「はあ⁉」

「麦の上を這いずったんじゃない。麦の下を這いずっているんだ。おそらくは今も、ある程度な」

「……っ……っ！」

言葉にならない、つんのめったような息遣いだけが聞こえてくる。

ホロは目を見開き、牙を見せ、飛び掛かろうとして動けないのだろう。

けれども心境的にはエルサもホロと同じだ。男女の愛の告白の場面を覗き見しようとする乙女の気持ちなどすっかり吹き飛んで、ロレンスの説明に耳をそばだてていた。

「ただ、あれは大蛇じゃない」

「なんじゃと⁉」

「お、おい、押すな、危ないって！」

ついに辛抱たまらなかったホロに詰め寄られたらしいロレンスの、慌てた声が聞こえてくる。

「大蛇ではないなどと……ぬしよ、ぬしの目は節……あ……なっ？」

ロレンスに摑みかかったホロは、気がついたらしい。

エルサもその場にいるかのように、想像できる。ロレンスが手に持っていたのは一枚の紙であり、それは古い地図だった。

エルサは文字どおり、口の中で舌を巻いた。

「そう。あれは川の跡なんだよ」

嚙んで含めるような、優しい声音だった。

「古い地図に周辺の地形図が残っていた。それはどんぴしゃり、この光景と一致する」

ターニャがもぞもぞと体を動かし、壁の穴から外を見たがっていたので、エルサは体をずらして道を開け、ターニャが少し階段を下りていくのを見送りつつ、自分は頭上からの声に集中していた。

「古い川はサロニアの平原を、東の山脈から、南西に流れていた。ほら、あっちからずっと蛇の跡をたどっていくと、東の山に向かっているだろ？　すると上流のほうで、俺たちが渡ってきた川の近くまで行くんだよ」

ホロはロレンスの指さした方向を見つめ、最後に悔しげにロレンスを振り向いたのだろう。

大きな衣擦れと、いらだちを含んだ大きめの足音が聞こえた。

「地図によると、昔はこの平原に二本の川があった。あの麦畑に残る跡は、枯れたほうの川の流れなんだ」

「じ、じゃが……」

ホロは口ごもるし、その戸惑いはエルサにも共感できた。

なにせホロはついさっきまで、まさにその麦畑の目の前にいたのだ。

仮に川の流れが地形として残り、地面がくぼんでいたのだとしたら、気がつかないなんてことがあっただろうか？　なにより麦畑の手入れの仕方を多少でも心得ていれば、長い年月に渡って耕されているというのに、いつまでもそこだけくぼんでいると考えるのは難しい。

だというのにこんなにもはっきりと、かつての川の流れが麦穂の絨毯に残されているというのは奇妙な気がした。まるで麦だけがかつての土地の変化を知っているかのような……とまで考えて、エルサは声を上げかけた。

そして賢狼と呼ばれたホロもまた、同じ答えにたどり着く。

「水撥けかや！」

「ご明察。村の人たちに聞いたら、かつての川の上だけ土が多く盛られていて、わずかに植物の生え方が変わるんだそうだ」

　川のあった場所ならば、地面は岩やら砂利やらでいっぱいだろう。それらすべてを取り除くなど現実的でないから、上から土を盛って畑とする。すると多勢に影響はないだろうが、やはり周囲の土地とは完全に同じにはなりえないのだろう。

「麦の出来の善し悪しに影響するほどじゃないが、背丈と茎の太さがほんの少しだけ、でも確実に違うらしい。だからまあ、こんなにはっきりわかるのは、麦穂が実ったこの時期だけ、しかも高い位置から眺めた時だけだそうだ。その点では、運が良かったが」

　景色を眺めているのだろうロレンスは、のんびりとした口調で言った。

「じゃとすると……蛇は、なんなんじゃ？」

　ホロの混乱もまた、エルサにはよく理解できた。なぜなら大蛇の伝説がこの古い川の跡なのだとしたら、それは一体なにを意味するのかと頭を整理し直す必要があるからだ。

　勇者ウォラギネの伝説は一体なんなのか。彼の功績とは、麦畑の微妙な色合いの違いに気がつき、せっせと塔を建て、蛇がいたぞ、と示したことだとでもいうのだろうか。果たしてそんなことで関税権を、あるいは領主権を手に入れられるものだろうか。

　そしてロレンスは、もちろんすべてに説明をつけられるから、満面の笑顔でホロをここに連れてきたようだった。

「物流を滞らせていた蛇は、確かにいたんだよ」

「……」

麦畑に残された跡は蛇ではないと、ロレンスは言ったばかりだ。ホロの困惑が、無言を通じてエルサにも届く。いつもはしてやられ気味なホロの鼻先を引き回すのはさぞ楽しかろうが、あまり調子に乗るとどうなるかということを、ロレンスはきっちり理解していたらしい。

ホロをなだめるように、やや笑いながら言った。

「だいぶややこしい話なんだ」

「……ふん」

拗ねかけているホロに、ロレンスが苦笑する姿が見えるようだった。

「まず、勇者ウォラギネは実際に蛇を殺したわけじゃない。けれど、蛇そっくりなものを倒してみせたんだ」

まるっきり謎々だし、賢狼と呼ばれた狼はすっかりへそを曲げていて、問題に答えるつもりはないらしい。ロレンスはそれ自体が面白いかのように、声に優しい笑いを含みながら言葉を続けた。

「彼は剣じゃなく、鋤で蛇と戦ったんだ。川を枯らしたんだよ」

エルサも少し階段を下りて、ロレンスの説明を聞きながらターニャと共に石壁から麦畑の様子を眺めた。

「けど、川を枯らしただけで領主になれるっていうのも変な話だろ？」

さすがにそれ以上無視するのは気がとがめたのか、ホロが渋々口を開く。

「……むしろ麦を育てる連中からは、恨まれそうな話じゃ」

「そう。そして蛇というのは単に川だけを示したものじゃない。ほら、俺たちは舟橋を渡ってきたことを思い出してくれ」

「ん、むう。それがなんじゃと？」

「なんであの川には大きな橋が架けられていなかったのか、だよ」

エルサは思わず答えを口にしかけたが、もちろん賢狼もまたその知恵の輝きを見せた。

「それは山からの木を流すせいで……む、あ！」

「そう。丸太を流すんだが、延々と、川に沿って丸太が流される様子を想像してみろ」

まるで、巨大な蛇のようだ。

「じ、じゃが、ええっと……」

「ただ、それだけだと話の半分だ」

ロレンスはすっかり興が乗っているようで、大仰な身振りがエルサにも見えるかのようだ。

「昔は川が二本あったと言ったろ？　そして、そのうち一本はサロニアの町には近づかず、こっち側に流れてきた。町のない、人目につきにくい平原だ」

ホロは古の時代に生きる精霊のような存在だが、ここしばらくは元行商人と旅をして、同じ景色を眺めてきた。

「密輸、かや」

ロレンスは人が好さそうに見えて、商人らしいところも持ち合わせている。一点の染みもない清廉潔白な旅、とは言えなかったはずで、ホロは商人たちのそういう世界ももちろん見聞きしてきただろう。

「関税を回避するために、勝手にこっちの川に木材を流す奴らが後を絶たなかったんだ。もちろん大っぴらにできないから夜間を狙って流すだろうが、木材ってのは単に流すだけだと曲がり角で滞留して大変なことになる。そのために木材同士を細長い筏のように連結させて、先頭に人が立って行き先を操作するんだ。さあ、それを夜間にやろうと思ったらどうなる？」

月明りを頼りにするのも限界があるだろう。

筏の上ではかがり火が焚かれ、遠くからはこう見えたはずだ。

「暗闇の中の……蛇の目じゃな」

「勇者ウォラギネは、その蛇を退治したんだ」

川を枯らすことで。

「町にある地図を見て、すぐ見当がついた。そもそも、木材商人たちと教会の争いが、どうも互いに煮えきらない感じでな、怪しく思ってたんだ。多分、これはみんなが知っていることなんだよ」

長い年月に渡って土地の人間が誰も気がついていなかった真実を、通りがかった慧眼の持ち主があっという間に見抜いてみせた、となればいかにも冒険譚らしいのだが、そんなことはそうそう起こりえない。真実はすでに明らかで、単に口に出せなかったのだ。

教会としては当時の異教徒と睨み合っていた状況から、大蛇を打ち倒したという伝説にするほうが都合が良かったし、木材商人たちにはかつて自分たちの同業者が手を染めていた悪行という負い目がある。

そこでお互いに決定的なことを口にできず、じりじりと睨み合っていたところ、土地の事情を知らないが発言力だけはある旅の人物が現れた。

だから彼らとしては、ロレンスが真実に気がつかないまま、自分たちに有利な裁定を下してくれることを期待して声をかけたのだ。

「そんな簡単に躍らされてたまるかってことだ」

ロレンスの得意満面が目に浮かぶようだし、呆れたような、悔しいような、あるいは嬉しいような、ホロの複雑な表情も容易に想像できる。

不機嫌そうに膨らんだ尻尾が、ばたばたと揺れる音さえ聞こえそうだ。

「この不釣り合いな塔は、元々は川を利用したこの平原の密輸を見張るためのものだったのだと思う。ほら、ターニャさんは大昔に、蛇のせいで鉱山からの鉄を売れなくなっているという商人たちの愚痴を聞いた、なんて話をしてたんだろ？　川を利用した密輸のせいで、正規の取引にも支障が出るくらい取り締まりが厳しくなっていたんだろう。よくあることだよ」

その問題を解決したからこそ、勇者ウォラギネが手に入れたのは関税権と領主権なのだ、とエルサは合点がいった。

「これが、サロニア平原を巡る大蛇の伝説のあらましだ」

エルサは旅の途中で旅籠に泊まった夜、広間の暖炉の前で旅人たちが酒を手に、それぞれが旅の間に見聞きした面白い話を語って聞かせる機会に、何度か出くわした。

ロレンスはホロと旅をしながら、きっと同じことを毎晩でもしてきたのだろう。

慣れた語り口が終わる頃には、散々鼻面を引き回されてじたばたしていたホロが、すっかりおとなしくなっていた。

「ぬしという奴は、本当に……」

「すごいだろ?」

おどけたような、でも本当に自信がありそうな、実に良い案配の言い方だった。

もとよりホロだって、本当にロレンスのことを間抜けな羊だと思っているわけではない。

やり込め、時にはやり込められるからこそ、狼のホロはロレンスから離れられないのだから。

「まあ、すごいがのう。それで、どうするんじゃ?」

ところがホロの口調がずいぶんそっけないなと思ったのもつかの間のこと。

エルサは足音と気配から、ホロがロレンスの手を握るかして、寄り添っているらしいことに気がついた。

「ぬしはこの麦畑を手に入れて、わっちに献上するつもりじゃったんじゃろう？　この話の真実は、教会にとっては痛しかゆしじゃろうが」

狼が甘噛みをして、ぐりぐりと首筋を乱暴に擦りつけるような言い方だった。

「誰もが真実を知っておるものの、痛み分けのように黙っておるならば、この真実を利用したところでどちらかに肩入れするわけにもいくまい」

確かに、ロレンスが教会の味方をして関税権と領主権を手に入れ、木材商人たちに高い関税を押しつけたままでいようとすれば、木材商人たちは過去の悪行を責められるのを承知の上で、大蛇の伝説の真実を口にするかもしれない。教会の言う伝説は嘘っぱちだと。

するとロレンスは、飄々と言ってのけた。

「なあに。両方にちょっとずつ味方をすればそれで十分だろ」

「う……むう？」

「木材商人たちには、昔の悪行があるんだから関税の大幅な引き下げは諦めろと伝える。けれど教会には、おたくの喧伝している伝説は嘘っぱちだし、密輸の悪行を働いていた人たちは全員とっくに墓の下ですよねと伝え、木材商人たちに譲歩することを持ちかける」

「ふ……むう」

「木材商人たちからは、ちょっと礼をもらえばいい。その金で、ぱーっと酒を飲もう」

わかりやすい利益に、きっとホロの尻尾はそれ以上にわかりやすく反応したことだろう。

「じゃが……この麦畑はどうするのかや。諦めるのかや？」

押しつけられようとした時には嫌そうだったのに、いざなくなろうとすると寂しげなホロのその問いに、ロレンスは少し間を開けた。

それは一見間抜けそうな一人の男が、細心の注意を払って、宝物をそっと置くかのような振る舞いだった。

「教会からは礼の代わりに、毎年一定の小麦を、ニョッヒラに届けてもらう」

「……は？」

「そうしたら、毎年その麦でパンを焼くたびに、今日のことを思い出すだろ？」

酒ならば飲んで終わりだし、金貨など宝の持ち腐れ。

けれど、思い出が詰まった土地からの小麦が毎年届けられるのだとすれば。

ホロは日々の出来事を、せっせと書き記して溜め込んでいた。見慣れた湯屋とは違う宿の暖炉の火で照らされた、伴侶の老いに恐れをなしていた。川の流れでさえ、いつか枯れてしまうことがある。

ならば文字で記された思い出もまた、乾いて味を失うこともあろう。

けれどもまさに味と香りを持った麦ならば、色鮮やかに記憶を呼び覚ますかもしれない。

「麦の調子が悪かったら、ミューリの奴をひとっ走りさせて様子を見にやればいいし、自分でここまできてもいい。たまに覗いて世話を焼くくらいなら、ちょうどいい暇つぶ……っ」

ロレンスの言葉が途絶えた理由を、エルサはあえて追いかけなかった。

ターニャは不思議そうな顔で耳をそばだて、二人の様子を見ようと首まで伸ばしたが、これ以上ここにいるのは無粋だということくらい、堅物のエルサにもわかっている。ターニャの肩に手を置いて、エルサは微笑みながら階段の下を指さした。

二人でそろそろと階段を下りながら、エルサは胸がいっぱいだった。

テレオの村から、世の流れに翻弄される教会の助けになるならばと、あちこちの教会を渡り歩いてきた。そこで見かけたのは、悪意はないかもしれないが、およそ神の僕には似つかわしくない聖職者たちの振る舞いばかりだった。

この世に本物などそうそうない。鍍金を施し、飾り立て、それっぽく見せているだけ。

けれども、たまにはこういうものがある。

狭苦しい塔の階段から外に出て、広い中庭でターニャが大きく深呼吸をしていた。

エルサは塔の上を眺め、口元が笑ってしまうのをこらえられなかった。

それはあの二人の底抜けの仲の良さに対してのものでもあるし、もうひとつは、自分自身の気持ちに対してのものだ。

「久しぶりに、里心がつきますね」

騒々しく、落ち着きがなく、ほとんど常に怒鳴り散らしているかのような我が家。

けれど、そこにはエルサにとっての本物の生活がある。

ホロとロレンスのような甘ったるさはないが、夜眠る時には、足で蹴飛ばした毛布をそれぞれかけ直してやりたくなるくらいには、愛しくて大切な家族たちだ。

「……」

ただ、ふと隣でターニャが立ち尽くしていることに気がついた。口には出さないが、エルサと同じように塔の頂上を見上げていた顔には、羨ましさと、はっきりと寂しさがあった。

この栗鼠の化身は長いこと、たった一人で山で暮らしていた。ほんのつかの間に訪れた旅人たちと仲良くなり、彼らの帰りを待っている。

やがてエルサに見られていたと気がついたターニャはばつが悪そうにしていたので、エルサはなにも言わずターニャの体を抱きしめて、たっぷり時間を空けてからこう言った。

「私の家はここから少し遠いのですが、あなたも一度きませんか？」

ターニャは目をぱちくりとさせ、なにか言いたげに口籠もる。

そこにエルサは、少し悪戯っぽく口角を吊り上げながら、塔の上を指し示した。

「もちろん、あの能天気な二人組の湯屋に行く権利もあると思います」

ターニャはつられて空を見上げ、ゆっくり視線を戻す頃には、いつものふわふわとした笑顔になっていた。

「はい。とても楽しみです！」

ターニャだけがあの山で寂しくしている理由はない。

　エルサは笑顔でうなずいてから、少し迷ったが、こうも付け加えた。

「旅の間に、良い人が見つかるかもしれませんしね」

　ターニャははっきりと目を見開いてから、顔を赤くしてわたわたとした後、両手を頬に当てていた。

「でも、私にはお師匠様が……」

　おそらくはもう生きていない錬金術師のこと。ターニャはもちろん薄々わかっているだろうが、良い意味で、それはそれ、ということなのかもしれない。

「でも、お師匠様は私には手の届かない素敵な人ですし……だったら、うーん……」

　そんなことを言うターニャの顔は、実に楽しそうだ。

　エルサは微笑み、はっきり笑ってから言った。

「恋の話が楽しいなんて、私もまだまだ子供です」

　つまりは、そういうことなのだ。

　エルサの言葉に、ターニャは照れもせず満面の笑み。

「たくさんお話したいです」

「はいはい」

　もちろんその席にはあの狼も呼ぶべきだとエルサは思う。

　おそらくはこの世で最も幸せな、呆れるような話を山ほど持っているはずなのだから。

「さあ、町に帰りますよ！」

エルサは塔の上に向かって声を張り上げてから、腰に手を当てる。

自分も家に帰ろう。

あの調子がいいだけの司教からの仕事を突っぱねる様を想像し、エルサはすでに今からせいせいした気分なのだった。

狼と夜明けの色

ロレンスはまだ髭も生えない少年の頃、村にやってきた行商人にくっついて旅に出た。

師匠は変わり者と言ってよく、ロレンスに直接商いのあれこれを仕込んでくれたわけではないし、決して親切な保護者ではなかったけれども、町の商会の小僧から聞くようなひどい扱いを受けたというわけでもない。

今思い返せば、野良猫が気まぐれで子犬を育てていたようなものなのではないか、と思うことがある。それにあの師匠の風変わりな点といえば、おそらく旅暮らしによって形作られた、ある種独特の人生観故だったのだろうとも。

当時の師匠の年齢が遠くなってきた今、ロレンスは久しぶりに出た旅路で立ち寄ったサロニアの町の秋祭りを眺めながら、ふとそんなことを思っていた。

宿から見える町の広場では、大きな舞台が組み上げられ、教会と町のお偉方によるそれっぽい式典や、冬に向けた最後の大騒ぎが繰り広げられていた。

これといって目玉となる宗教行事のないサロニアの秋祭りでは、地元の麦を使った蒸留酒の飲み比べが最も盛り上がる催しのようで、様々な参加者が名乗りを上げていた。川港で荷揚げをする筋骨隆々の男たちはもちろん、教会からも酒飲み自慢の若い聖職者が出てきたりと、ずいぶん自由な雰囲気だった。

ロレンスがそんな広場の様子を見下ろして、最も苦笑を禁じえなかったのは、そこにちゃっかりと収まる少女の姿があったからだ。

麦畑に紛れればすぐに見分けがつかなくなりそうな色合いの髪の毛を、今日は珍しく三つ編みにしていた。背丈は高いほうではなく、華奢な体つきもあいまって深窓の令嬢のようにも思えるのだが、その立ち居振る舞いには妙な迫力がある。

ロレンスは窓辺に腰掛けながら、狼がいるぞ、と声なく呟いて一人笑っていた。

広場の周りでは、酒だけでなく焼き立ての腸詰やパンやらが人々に振る舞われ、文字どおりに飲めや歌えの大騒ぎになっている。その中心部でご満悦な様子で酒を呷るホロの様子を眺めながら、ロレンスはこれからの旅の算段を立てていた。

長く思い出すことのなかった師匠のことが頭に浮かんだのは、旅の記憶の引き出しを開けたせいで、奥のほうにしまわれていたものもつられて出てきたのだろう。あるいは、そこになにかの手がかりを求めていたのかもしれないが。

ロレンスには、旅の算段を立てながら、少し考えなければならないことがあったのだ。

旅は楽しいことばかりではない。それは不思議なことなのだが、賑やかな町でなに不自由なく過ごすことができたとしても、そうだった。もしかすると、楽しければ楽しいだけ、辛いことが待っているかもしれない。

なにせ旅暮らしとは、自由気ままさと引き換えに、なんら確かなもののない日々を過ごすということなのだから。

「祭りが終わったら、家に帰ろうと思います」

　ここしばらく一緒に過ごしていた女司祭、エルサからそう切り出されたのは、昨日の夕方のことだった。サロニアの町での関税権を巡る、教会と木材商人たちの争いを、互いに譲歩させるかたちで決着させた帰り道のこと。

　ホロは関税を巡る会議になど興味がなく、一足先に広場の居酒屋で飲んだくれていたため、ロレンスはエルサと二人きりで歩いていた。そのわずかな時間をわざわざ狙って別れの話を切り出しのだとロレンスにはわかったが、わからないこともあった。

「先にホロに言わないのですか？」

　関税を巡る話の間、どうもホロはエルサたちと、ロレンスの与り知らぬ場所で交流していたようだった。今なおエルサはホロに小言を言い、ホロはそれにうるさそうにしながらも、今までにない仲の良さが見て取れた。

　であればこそ、律義なエルサはまずホロに別れを伝えるのではないか。

　ロレンスはそう思って尋ねたのだが、エルサはロレンスに向けて薄く微笑んだ後、目を逸らすように前方を向いた。

「少し、仲良くなりすぎましたから」

　鉄の規律に従う神の僕。

　エルサに対するロレンスの印象はそういったものなのだが、そこには生身のエルサがいた。

「私は旅にあまり慣れていません。急に湧いてきた里心に動揺しているくらいです」

　エルサは元々、テレオという名の小さな村で、育ての父から受け継いだ教会を守って静かに暮らしていた。それが世の中が教会に厳しい目を向ける中、教会の財産や権利関係の問題を処理するため、あちこちの教会に呼ばれてこんな北の地方にまで出張ってきていた。

　故郷の村には、ロレンスの記憶の中ではまだ気の良い粉ひきの少年のままであるエヴァンとの間に、三人の子供がいるという。

「あの鋭いホロさんを前にして、一刻も早く帰りたい気持ちをうまく隠せる自信がありません。ですが……」

　エルサはゆっくりと息を吸い、体が小さくなるくらいに長いため息をついた。

「それはホロさんから見たら、冷たい人のように映るかもしれないでしょう？」

　旅暮らしならばよくある光景だ。

　旅先で楽しく飲み明かし、旧交を温め直し、無二の友だとさえ感じていた人物に、家族がいるからとそそくさと帰られるあの感じ。彼らからすれば、こちらは数多やってくる客人の一人にすぎず、彼らには彼らの確固とした日常がそこにある。

　彼らは暖炉の火が灯り、笑い声の溢れる家に戻る。だが、旅に暮らす者たちは静かな宿に一人で戻らなければならない。そして明日になれば、次の町に向かうのだ。

　エルサもわずかに過ごした旅の中で、そういった寂寥感を味わうことがあったのだろう。

　髪の毛をひっつめて、はちみつ色の瞳で鋭く真実だけを見据えているようなエルサだが、そこには人並み以上の優しさがあると、ロレンスも知っている。

自分から別れを切り出しにくいというのは、あの寂しがりの狼を傷つけないようにと、そういう想いもあってのことなのだ。

「では、私からエルサさんに旅の話を振ればいいですか？　私たちもそろそろ次の町に行かないと、と思っていたところですし」

ホロのいないところでロレンスと裏取引するような後ろめたさがあったのか、エルサはすぐに返事を寄こさなかったが、結局はうなずいた。

それから見せた笑みは、自嘲のものだ。

「言いにくいことを言うため誰かに手伝ってもらうなど、まるで子供ですね」

ロレンスと出会ったばかりの頃のエルサなら、事実は事実だとばかりに、さっと別れを切り出していたことだろう。

けれどもロレンスは、エルサとは別の考えを持っている。

「他人への頼り方を覚えるのも、大人になるということだと思いますよ」

行商人として独り立ちを志していた頃は、一人ですべての問題を解決できるのが大人になることだと思っていた。

もちろんそんなことは世間知らずの若造の思い上がりだと、ほどなく学ぶことになる。

「……あなたはホロさんの側にさえいなければ、立派な人物のようです」

呆れたような、憎まれ口のようなエルサの言葉に、ロレンスは素直に笑ってしまう。

「骨抜きにされてますから」

町娘のように大仰に肩をすくめたエルサは、最後に笑っていた。

「あなたたちへの手紙は、あまり期待せずに出していました。それでも思いがけない場所で再会できたのですから、またお会いできると信じていますよ」

ロレンスのほうを見ずに、エルサは言った。ニョッヒラとエルサの住むテレオの村はずいぶん遠く、しかもお互いにもう若くはないのだから、普通に考えて再会はない。

ロレンスはそんなエルサの横顔を見て、自分も前方を見てから、こう言った。

「その台詞だけは、ホロに言ってやってください」

エルサが自分のほうを見たかどうか、ロレンスにはわからなかった。

見えてきた町の広場の、最も賑やかな居酒屋の軒先では、今日も酒宴が繰り広げられている。

その騒ぎの中でもすぐにそれとわかる輪郭は、ロレンスが愛してやまない狼の後ろ姿だ。

「うまく言えるか不安です」

エルサはそんなことを言っていたが、ホロとターニャと合流した後、ロレンスが打ち合わせどおりに今後の話に水を向ければ、そろそろテレオの村に帰ることと、ホロと再会できて良かったということを、そつなく伝えていた。

ずいぶん酒が入っていたし、隣にはすっかり妹分のようになっているターニャがいた見栄もあってか、ホロはエルサとの別れにさほど悲しんでいる様子は見せなかった。

また会いましょう、という一足早い別れの挨拶にも、むしろ今からその再会を楽しみにしているかのような前向きさで答えていた。

その夜はターニャとエルサがそろって教会に戻り、ロレンスは足元のおぼつかないホロの手を引いて宿に戻った。ホロは旅の中では避けられぬ別れの寂しさを、酔いの助けを借りて上手に受け止めて、そっと足元に置いているように見えた。

そうして一夜明かした今日は、朝から酒の飲み比べに供えて気合十分で、ロレンスはそんな妻の雄姿を宿から眺めながら、自分たちの出立について考えている、という案配だった。

出立はいつだって若干の腰の重さを伴うものだが、ロレンスには一人娘のミューリの様子を確認する、という大事な目的がある。さあ行こうと意気込むことはあっても、ぐずぐずする理由はどこにもない。

なのにそこでかつての師匠のことを思い出してしまったのは、多分、これからのことに一抹の懸念があったからだった。

それはミューリたちの居場所が依然としてはっきりしないことや、これから冬になるので辛い旅になるだろうとか、そういうことではない。もっと卑俗で、わかりやすい、人によっては呆れるような問題だ。

ロレンスの心配とは、エルサたちと過ごした思いがけず眩しい日々の賑やかさが引いた後にやってくる、消し去りがたい静けさについてだった。

あの野良猫のような師匠が人付き合いをまともにしなかったのは、親しい人間を旅先で作ることによる商い上の有利さよりも、潮が引くようなあの寂寥感に飲み込まれないようにと、臆病なほどに用心深かったからではないかとロレンスは思う。

ロレンスとの別れも唐突で、ある日目を覚ましたら、師匠の姿はなくなっていた。

捨てられたとも、見限られたとも、あるいはもっと一緒にいたかったのに、とも思わなかったのは、唐突に一人で放り出されたせいで、生き延びるために必死でそれどころではなかったからだ。

ようやく行商人として落ち着いてから師匠との別れを思い出す頃には、ほど良く記憶の角が取れていて、それはさしたる痛みも伴わずに胸の奥底に降りていった。

あれは師匠一流の気遣いだったに違いない、と今では思っている。

さりげなく、けれども後になってみればその重みがわかる。あの偏屈な師匠の方法論が正しかったかどうかは議論の余地があるにせよ、心意気というものの存在を確かに学ぶことができたと思っている。ロレンスは自分の人生を振り返り、どんな商いのイロハよりも、結局はそれが一番の学びだったような気さえした。

ならば自分もまた、旅の伴侶をこういう時こそうまく気遣わなければならない、とロレンスは思うのだ。

あなたの弟子も今では一人前になったはずです、とロレンスは記憶の中の師匠に語り掛け、残った麦酒を飲み干した。

窓の外では、サロニアの町ですっかり有名になってしまったホロが、屈強の荷揚げ夫と正面から腕を交差させて、互いに杯を干している。

「明日は二日酔いだろうから、出立は明後日か明々後日かな」

ロレンスはそう呟いて椅子から立ち上がると、上着を手に取って宿の部屋を出た。

閉じられないままの木窓の向こうでは、酒を飲み干したホロがジョッキを掲げ、拍手喝さいを受けていたのだった。

「では、また」

エルサは短く言って、南に続く街道を歩いていった。サロニアの祭りが終わって二日経ち、いやいやながら冬に向けて日常を取り戻そうかという気配が町に満ち始めていた朝のこと。

あと一日でもサロニアに留まれば、調子がいいことで定評のある司教から、またぞろ町の面倒な仕事を押しつけられそうな雰囲気を察していたエルサは、野菜をぶった切るような勢いで仕事の懇願を断ち切ったらしい。

そんなエルサの隣には、エルサに同道してテレオの村を訪問するのだというターニャがいて、何度も何度もホロを振り向いては、手を振っていた。

ホロは最初こそ律義に振り返していたが、ほどなく面倒になったようで手を下ろしていた。

それでもターニャやエルサの姿が完全に見えなくなるまでその場に立っていて、うっすらとした微笑みの下にいくつもの感情を隠すように、道の先を見つめていた。

「まったく賑やかじゃったのう」

もはや完全に二人の姿が見えなくなってから、腰に手を当てたホロが呆れたように口にしたのは、そんな言葉だった。

「思いがけず忙しかったしな」

元々は旅に出た一人娘のミューリの様子を見に行くため、温泉郷ニョッヒラから出てきた。

それが足取りを追う途中でエルサと再会し、呪いの伝説が残る山で栗鼠の化身であるターニャと出会ったり、町中の商人たちが借金で身動き取れなくなっているところを助けたり、はるか砂漠の土地から旅してきた本物の司教よりも司教らしい人物と彼の村人たちとの橋渡しをしたりした。

おかげでサロニアの町ではすっかり有名人となれたので、ロレンスがニョッヒラから持ってきた温泉の素となる硫黄の粉はずいぶん捌けたし、昨今不足がちな小銭の類も補給できた。

それからこの土地の顔役たちにたっぷりと、ニョッヒラの湯屋〝狼と香辛料亭〟の宣伝ができた。

旅の実りとしては大豊作というところだが、豊かに実った麦畑であればあるほど、それを収穫した後の畑の寂しさが際立つというものだ。

日々の暮らしではホロに頭が上がらないロレンスでも、旅暮らしの経験ならば、御年数百歳の狼にも負けてはいない。

旅人に唐突に訪れる、静寂と寂寥の穴に寂しがりの狼が飲み込まれぬよう、ロレンスは綿密に計画を練っていた。

「さあて……わっちらもそろそろ旅立ちかのう」

と、両腕を上げて伸びをするホロは、昨日は一日中二日酔いで臥せっていた。今朝はずいぶん早くに目を覚まし、清々しそうな顔で朝日を眺め、朝飯も昨日の分を取り返すかのように呆れるほど食べていた。

それからエルサたちの出立に立ち会って、今に至る。

ふとしたはずみに気分が落ち込むのは、こういう頃合いだとロレンスにはわかっている。

「その前に、ちょっと寄っていかなきゃならないところがあるんだが」

「ほう。まだどこかで飲むのかや？」

冗談ではなさそうな目の輝かせ方だったので、ロレンスは思わず笑顔を引きつらせてしまう。

「違う……いや、違わなくもないか？」

ロレンスの歯切れの悪い言葉にホロは訝しそうにしつつ、酒が飲めるようだと嬉しそうに尻尾をぱたぱたさせ始めていた。

「ほら、関税の揉めごとの仲裁の件で、教会が所有する麦畑から、毎年の麦をいくばくかもらう約束をしただろ？」

「ああ、そんな話があったのう」

ホロはずいぶんそっけないが、ロレンスがホロのため、思い出のひとつとして旅先の土地の麦を毎年湯屋に届けさせるようにしたとわかった時には、ホロは大喜びしてくれた。

まったく素直じゃないが、そこがまた可愛いのだから仕方ない、などとロレンスは思ってから、ホロに言った。

「その麦を、どこの区画から送ってもらおうかと決めておかないといけなくてな」

「ふむ？」

「その年の最上の麦を寄こせ、というにはちょっとばかり働きが足りなかった。多分両腕を広げた程度だろうが、俺たちの領土として、そこに実った麦をもらえるんだそうだ」

実利がどうこうというより、ほとんどが儀礼的なやり取りだが、ささやかながらでも麦の貢納を受ける身分となれば、それは立派な貴族と言って良いだろう。

ロレンスは得意満面なのだが、ホロはその辺りに関しては冷たい反応しか返さない。

「別にどこでもよかろう。あの一帯ならば、どこを選んでも変わりんせん」

わざわざ畑に行くなど面倒だ、ということかもしれないし、あるいは畑に向かうために船で作った橋を渡るのが嫌なのかもしれない。

けれどもロレンスは、そんなホロの両肩を押して歩き出す。

「そういうわけにもいかないんだよ。ほら、行くぞ」

「む、これ、ぬしよ。なんじゃ、まったく……」

面倒臭そうな、怪訝そうなホロを追い立てて、ロレンスは宿に戻ってから、出立の準備をしたのだった。

麦畑の選定を終えたらそのまま旅に出るため、荷馬車にはあれこれと荷物を詰め込み、サロニアで懇意になった人たちにひととおり挨拶をして、昼前には町を出た。

サロニアは祭りを終えたら静かになるかと思いきや、今まで遊び惚けていた者たちが冬の到来の前にすべてを片付けてしまおうと渋々働き始めたせいで、祭りとはまた違った賑やかさを見せていた。

おかげで川にかかる舟橋もずいぶん人通りが多く、散々揺れていたせいで、ホロは結局荷馬車の荷台部分で頭を抱えて丸まっていた。

川の対岸に出ていた露店で牛の肩肉を焼いたものを何枚か薄く切ってもらい、御者台に置いておいたら、ようやくホロは不機嫌そうに這い出してきた。

「葡萄酒が欲しいのう」

赤身の残る牛の肩肉を噛みちぎるホロはそんなことを言っていたが、ロレンスは青空を見上げながら聞き流し、荷馬車を進めていった。

道には農具を携えた者や、麦わらを山ほど積んだ荷馬車などが忙しなく行きかっていた。中でもひときわ目を引くのは、身長を越える大きさの巨大な鎌を肩にかけ、勇ましく歩く娘たちの姿だ。

遠くに塔を備えた城砦が見える頃になると、数日前に訪れた時にはまだ絨毯を敷き詰めたようだった麦畑のあちこちで、麦の刈り取りが始まっていた。

「んむ！　良き麦の香りじゃ」

穏やかな風に乗って、少し埃っぽいが、麦穂の濃い香りが漂ってくる。

肉を平らげて指を舐め舐めしていたホロは、気持ち良さそうに風に頬を撫でさせ、すっかり機嫌を取り戻していた。

「麦の実りが良さそうなところに目星をつけておいてくれ。どこでも選び放題だ」

「せいぜい両腕を広げた程度の、じゃろうが」

「両腕を広げた程度なら選び放題だ」

ホロは冷たい目をロレンスに向けつつ、楽しそうにフードの下で狼の耳をぱたぱたさせていた。

そんなやり取りをしながら、かつてこの平原に現れた大蛇を討ち取ったという伝説の残る勇者が暮らしていた城砦に向かうと、門が大きく開け放たれ、大勢の人たちが忙しそうに出入りしていた。

「昔を思い出すのう」

かつてホロは、パスロエという村で、その土地の麦の豊作を司っていた。ロレンスも商いのために出入りしていた村で、刈り入れの時期は祭りの開催と相まって、実に賑やかだった。

ここでは祭りこそ執り行われないが、城砦ということもあって倉庫や広場を備えているため、農作業が本格的になるこの時期は、一種祭りの体をなすと聞いていた。

特にサロニアの祭りが終わった後は、城砦の周囲の刈り入れが始まるのと同時に、少し離れた場所で一足先に刈られていた麦が運び込まれ、脱穀作業も始まるとのことだった。ならばなおのこと賑やかだろうと、当たりをつけていたのだ。

なぜなら、単調な力仕事の現場には、歌とちょっとした酒が振る舞われるのが常なのだから。

「ほほう、これは立派な祭りじゃな！」

聞こえてきた歌と、煮炊きの煙に、御者台でうきうきし始めた様子のホロにロレンスは笑い、荷馬車を進めていく。

途中、出入りの商人だと思われたのか、勝手に荷台に乗り込んで相乗りしてくる農夫や手伝いの子供たちと共に城砦に入れば、収穫やら脱穀の作業やらを監督し、周囲の村人たちに指示を飛ばしていた顔見知りの助司祭が、ロレンスたちを見つけてきょとんとしていた。

「忙しいところにすみません。麦の件で土地を選定しに」

助司祭は、本当に、とでも言いたげな顔をしていたが、怒る暇もないといった感じだった。

「お好きな土地を選んでおいてください。それと、よければ脱穀の作業の見学なども」

見学というのはもちろん、手伝えという迂遠な言い回しだとは了解しているし、ホロも案外乗り気のようだ。

「うちの馬にも手伝わせましょう」

助司祭は肩をすくめつつ、さっそく村人たちに声をかけていた。

いきなり荷馬の役目を負わされた馬の恨めしそうな視線には、ロレンスは気がつかないふりをしたのだった。


ホロとロレンスが連れ立って畑に出ると、城砦近くの畑はだいぶ刈り取りが進んでいて、穂を乾かすために刈り取った麦をまとめたり、杭を立てたりといった作業が順次行われていた。

「昨日か一昨日くらいから刈り取りが始まっただろうに、もう麦が残ってるのはだいぶ遠い場所なんだな」

遠くのほうの畑で、長いおさげ髪を揺らしながら、若い娘たちが巨大な鎌を優雅に振るっているのが見えた。葡萄酒の仕込みのための葡萄踏みと同じく、麦の刈り取りは村娘たちの見せ場なのだ。

「少し見て回るか？」

「真実、どこでも大して変わらぬのじゃがな」

ホロは言いながらも、ロレンスの手を握ってから、軽い足取りで歩き始めていた。

ニョッヒラでも時折ホロと散歩することはあるが、村の中は狭い道と湯けむりに満ち、一歩村から出れば周囲は深い森だ。見渡す限りの平原を歩くのはかつての旅以来だろう。

ホロも鼻歌交じりで歩いていては、麦の間で寝ていたところを追い出され途方に暮れた様子の蛙やら野兎やらを見て、笑っていた。

「今からでもあの城砦を我が物にするか？」

あぜ道の真ん中で振り返れば、威風堂々と丘の上に建つそれが見える。あそこに住めば、いつだってここを呑気に散歩できる。おまけに領主様と呼ばれる特典付きなのだから、立身出世の物語としては最上の上がり目だろう。

しかしホロは肩を揺らして咳き込むように笑うと、いつのまにかくっついていた藁屑を肩から払い、言った。

「石造りの建物は、寒くてかなわぬ」

「確かに。お互い歳だしな」

ホロは胡乱な目をして、ロレンスの腰を叩いていた。

「じゃが、あんな城を手に入れでもすれば、お転婆のミューリは大喜びするかもしれぬのう」

剣に見立てた木の枝を振り回し、英雄ごっこに余念のなかった一人娘だ。

しかし、ロレンスはホロのその軽口に、そういう手もあるのか、などと考え込んでしまった。

父様、父様、とまとわりついていた娘は、成長するにつれすっかりつれなくなった。しかももうよい年頃だから、どこか知らない土地に嫁に行ってしまう可能性は少なくない。ならばこんな石造りの要塞を用意して、いつまでも騎士ごっこに興じてくれているほうがよいのではないか。

そんなことを真剣に考えていたら、隣からひときわ冷たい視線を感じて、ロレンスはそちらを見た。

「たわけ」

ホロからため息交じりにそう言われ、名残惜しくもう一度城砦を見て、肩を落としたのだった。

「まったくぬしはいつまで経っても諦めが悪いのう」

「……この性格のおかげで手に入れられたものも多い」

「減らぬ口じゃ」

ホロは小さな手を伸ばしてロレンスの頬を摑み、楽しそうに笑っていた。

「それより、土地じゃがあの辺でどうじゃ？」

ロレンスの頬から離した手で、ホロは畑の隅っこの区画を指さした。

防風や薪を取るためか、それとも単に区割りの目印のためなのか、ちょっとした灌木が生い茂る垣根のようなものの側だった。

「やっぱりああいう場所のほうが実りが多いのか？」

落ち葉が良い肥料になったりするのかもしれない。畑については全くの素人であるロレンスが感心交じりにそうたずねると、ホロは小さな肩をすくめていた。

「単に場所がわかりやすいだけじゃ」

「……」

ロレンスがやや落胆気味にホロを見やると、かつて賢狼と呼ばれた妻に睨まれた。

「わかりやすさを侮るではない。畑の形はぬしが思っておる以上に変化する。耕す者だって変わりんす。じゃが、ああいう目印だけは何十年、何百年と取っておかれるものじゃからな。ぬしがあの城で見つけた古い地図でも、畑の形こそ変われど、変わらぬ目印はたくさんあったはずじゃ」

「そういえば、昔の旅でも土地の境界を巡る揉めごとに立ち会ったな。あの時の解決にも、お前の知恵を借りたんだったか」

文書で記されていても、解釈の違いや長い年月の間に境界が曖昧になり、係争の種になる。それを回避するためにホロが村人たちに提示した手段というのは、境界となる場所に子供を立たせ、その頬をいきなりひっぱたくという荒っぽいものだった。子供はその瞬間のことを一生忘れないだろうから、境界で揉めた際にはその判断が基準となる、という話だ。

とはいえ、両腕を広げた程度の土地のため、哀れな村の子供を引きずってきてひっぱたくわけにもいかないので、こういう垣根を兼ねた灌木は、良き目印となるのだろう。

なるほどさすが麦の豊作を司る賢狼だと見直していたら、対するホロはロレンスのことを見上げ、責めるような目つきだった。

「ぬしはわっちのために何十年と、いや、それどころか向こう何百年と、ずっと麦がニョッヒラに届くように手配したのじゃろう？」

教会には、ちょっとしたお礼にという話ではなく、教会が所有する領主権の一部として、麦の送付の件を要求した。

それは人の世ができて以来、決して消えることのない連綿と続く税の歴史の力を借りるものであり、ホロが言うように人の一生を越える時間の長さを考慮しての手はずだった。

両腕を広げた程度の、わずかな広さの畑に実る麦を手に入れるためとしては、そんな手段はほとんど馬鹿げていると言ってもいいのだが、ロレンスにはそれが必要だったのだ。

なぜならば、出会った頃と変わらぬこの可憐な少女の見た目をしているのは、ロレンスよりもひたすらに長い時を生きる、御年数百歳の賢狼なのだから。

　ロレンスは、自分との旅の思い出が、麦の形としてずっとニョッヒラにいるホロの手元に届くようにと、そうしたのだった。

「置き土産を残すなら、もっと上手にしてくりゃれ」

　胸を軽くぽんと叩かれたロレンスは、いつも一枚上手のホロに、妙に安心してしまう。

「敵いませんな」

「じゃろう？」

　くすくすと笑うホロの手を取って、ロレンスはくるりと身を翻す。

「さあて、じゃあ、あの区画の権利を羊皮紙に記して、ついでに脱穀やらを手伝うか」

「また腰を悪くせんようにの」

「う……」

「まあ、それならそれで、わっちゃあ賑やかな町でもうしばらく酒を飲めるから構わぬが」

「いい加減、お前の飲み代も請求されそうなんだがね」

　サロニアの有名人であるホロは、その飲みっぷりも相まって、あちこちでただ酒をもらっていたが、そろそろ苦い顔をされる頃だ。

「ぬしはケチな損得を考えてばかりじゃ」

「酒代のことを考えたらな、湯屋ではなく葡萄畑を作るべきだったかなと思う毎日だよ」

「たわけ！」

ホロはロレンスと繋いだほうの手で、ロレンスの腰を叩いてくる。

「それでは葡萄酒しか飲めぬではないか」

そして、冗談でもなさそうにそんなことを言うのだから、ロレンスは降参するしかない。

「その点、ニョッヒラにはあらゆる酒が集うし、湯ではなにを飲んでも美味いからのう」

エルサが聞いたらまたぞろ呆れて小言を言うところだが、喜ぶホロの顔が見たくてせっせと美味い酒を取り寄せてしまう自分にも責任がある、とロレンスには自覚がある。

「酒の湧く泉が欲しいよ」

「それは名案じゃな」

おそらく互いの動機は少しずれているだろうが、ロレンスはあえて指摘もせず、やれやれとホロの手を引いて城砦に戻ったのだった。


単調な力仕事の現場で歌われるのは、わかりやすい節を繰り返すものがほとんどだ。ロレンスもホロもすぐに覚え、二本の棒を紐で連結させた脱穀用の道具を受け取ると、村人たちと一緒に歌いながら麦わらに振り下ろしていた。

ホロはパスロエの村で何百年と過ごしていたが、実際に麦の収穫作業に手を貸したのは、それこそ遠い昔にわずかばかりで、それ以降は単に見守るだけだったらしい。

棒を振り下ろす脱穀作業を早々に手放したのは、飽きたというよりも持ち前の好奇心で、ほかの作業も触ってみたかったかららしい。

刈り取った麦が十分に干されているかを歯で噛んで確かめる作業場に交じったり、大きな盥に麦を入れてもみ殻やごみやらを選別する作業を手伝ったりしていた。大きな盥を振るにはコツが必要だったらしく、ホロは盥ではなく自分の腰ばっかり揺れてしまう様を、周囲の娘たちに笑われていた。

城砦跡で行われるそんな収穫作業は、一日や二日で終わるものではない。そのために根を詰めてやるというより、皆が入れ代わり立ち代わり、ゆるく長くやるという雰囲気だった。

ロレンスも単調作業に夢中になり始めた頃、村人の一人から交代を申し出られ、やや残念なような気持ちになりながら、脱穀用の棒を手渡した。

「さて」

と、周囲を見渡すと、城砦の賑やかな中庭部分に、ホロの姿がなかった。聞いて回れば、どうやら麦粒の山の中から質の悪い実を取り除く作業に取り組んだ後、城砦の主屋に向かったとのことだった。

秋も深まりつつあるとはいえ、太陽の高い時間は案外暑い。昨日はひどい二日酔いだったので、へばって休憩しているのかもしれないとロレンスは思った。概ね怠惰なホロなのだが、こういう作業では体力以上に働いて、急に力尽きるようなことがある。

やや心配ではあったが、自分から休憩をしにいったのなら大丈夫だろうと思い、ロレンスは先に麦の納品の件を片付けておこうと思った。荷物から羊皮紙を探し出して、現場を取り仕切っている助司祭のいる大部屋に向かった。

「畑は決まりましたか？」

大部屋の壁に立てかけられた大きな木の板に、収穫した麦の量や各畑の収穫状況を炭で記していた助司祭は、顔についた炭を拭う気力もないといった様子で、ロレンスを見やった。

かつては勇者ウォラギネと呼ばれた者が治めた土地の権利を、今はサロニアの町の教会がすべて所有しているが、権利を所有しているだけで万事つつがなく進むということでもない。日々の領地の管理は必要だし、収穫の時期には誰かがやってきて采配し、税として取り立て、畑の実りの善し悪しを把握し、誤魔化しや不公平を可能な限り取り除かなければならない。

一連の仕事を任されているらしいこの助司祭は、関税権を巡る話の流れでロレンスたちがここにやってきた際、ずいぶん親切にしてくれた。それはこの毎年の大変な作業をロレンスに押しつけられるかも、という期待があったのだろうが、疲弊した様子を見るに、さもありなんという感じだった。

「ええ、良さそうな場所が見つかりましたので、そのご報告に」

助司祭があれこれ村人からの報告を書き込み、見習い聖職者の少年が必死に紙に清書していく大量の数字やらが記された大きな板とは別に、大雑把に所領の地図が炭で描かれていたものがあったので、ロレンスはそちらを指さした。

「城砦を出て南西にある、最初の灌木沿いの畑でお願いします」

「ああ、あそこですか。わかりやすくて助かりますよ。区画の境界を巡る揉めごとは、一年中私たちの頭を悩ませますからね」

ホロの指摘したわかりやすさという要素は、実に大事なことだったらしい。

助司祭はロレンスが司教からもらってきた権利書を二枚受け取ると、村人の名前を複数人あげ、その交差する場所から大股一歩分の区画と書き込むように、と見習い聖職者の少年に指示していた。

「神の御名において、この権利はあなたのものとなりました」

二枚の羊皮紙を見比べて、一枚をロレンスに手渡しながら助司祭はそう言った。

「神に栄光あれ」

ロレンスが言うと、助司祭はため息ともうなずきとも取れるように鼻を鳴らし、しんどそうに首を回していた。

「お疲れですね」

「あなたがサロニアの町に作ったという温泉に入りたかったです」

「我が湯屋はいつでもお待ちしておりますよ」

ロレンスの笑顔の宣伝文句に、助司祭は苦笑していた。

「ニョッヒラは秘湯でしょう？　大司教様ばかりが集うような場所だと聞いています」

「それはちょっと大げさですが、たとえそうだとしても、そう遠くない未来にお越しいただけるのでは」

　まだずいぶん若いのに、わざと老けたような見た目で貫録を出すため、髭を蓄えているような抜け目なさだ。やや乱れた髭の下で、彼はにやりと笑ってみせる。

「毎年必ず麦をお届けします」

「ぜひ」

　きっとこの助司祭は偉くなり、湯屋の顧客になってくれるだろう。

　ロレンスはそう思いながら、インクの乾いた羊皮紙を丸めて、懐にしまう。

「ところで、奥方はいずこに？　本日、この後はどうされるおつもりですか？」

　助司祭は、なんなら今日はここに泊まるのか、と気を利かせて尋ねてくれたのだろうが、こうして話す間も、部屋の外ではあれこれの報告をしにきた者たちが控えている。

　ロレンスは手短にこう答えた。

「日が傾く前には出て、川の船で海に向かおうかと」

「なるほど。それはよいですね」

　その笑顔は、世話をする手間がひとつ省けた、という意味だろう。

「では」

ロレンスが礼をすると、助司祭も丁寧に礼を返しつつ、すでに頭は仕事に切り替わっているようだ。ロレンスは列をなしている者たちの横をすり抜けて大部屋を出てから、腰に両手を当てて小さくため息をつく。

「で、ホロの奴はどこに行ったんだ？」

元城砦は、まあまあ広い。外の日はまだ高いが、城砦というのは建物の奥まであまり光が届かず、あちこちにどことなく陰鬱な雰囲気が居座っている。

まさか広い城砦で迷子になって泣いているとは思わないが、ふとした弾みに感傷的になっているかもしれない。

エルサたちとの賑やかで忙しい日々の後、ぽっかり空いた空白に足を取られないようにと、収穫作業で賑やかなこの場所にホロを連れてきた。五階建ての屋根から道に飛び降りれば大怪我は免れないが、隣の四階建ての屋根に降り、さらに隣の三階建てに降り、二階建ての倉庫に足をかけてから通りに降りれば、自分の足で歩いて帰れるだろう。

収穫の作業で賑やかなここで一息ついたら、次は川に戻って船で下ろうと思っていた。船なら船頭の舟歌だけでなく、下流から船を引き上げる者たちの掛け声に、川沿いの道を行く者たちの陽気な挨拶など、ほどよい喧騒に満ちている。しかも川には定期的に関所が設けられているだろうから、そこで物売りとも会えるだろう。やがて川の先に海沿いの港町が見えてくれば、もう一安心。

エルサからはまた甘やかしすぎだと言われそうな気もするが、やれることをすべてやるのが自分の使命だと思っている。

それに、ホロが若干気遣いに暑苦しがっていることでさえも、最近のロレンスには面白くなってきている。

そんなことを思いながら建物の中を探し回ったところ、どうやらホロは振る舞い酒を手に、三階の倉庫に向かったらしいと聞きつけた。

二階の暖炉がある広間で繕い物をする女たちの脇を通り過ぎ、磨かれたばかりの鎌の刃を柄に取りつける作業をする男たちの間を抜け、質が悪くて商人に売ることのできない麦粒から、食べられそうなものを選別している子供たちが腰掛ける階段を上り、三階に向かう。

三階は三階であれこれ忙しく立ち回る者たちがいて、どこにいても落ち着かないが、これならホロがめそめそしていることもあるまいかと思う。

ただ、倉庫とは一体どのあたりなのかと迷っていたら、作業に集った者たちの食事を作るためなのだろう、大人が風呂に使えそうなくらいの鉄鍋を、四人がかりで運び出す男たちが出てきた。その後ろに、小ぶりな深鍋を三枚も重ねて頭に被り、赤子を掬って乗せられそうなほど巨大なさじを左脇に抱えたホロがいた。

「……なにしてるんだ？」

その奇妙ないでたちに目を丸くしていると、そういう祭りの演目だと言われたら信じてしまいそうな格好のホロは、頭の鍋が落ちないような奇妙な姿勢で、ロレンスに向けて顎をしゃくり、倉庫の中を示す。

「ぼさっとしておるでない。塊肉をあぶり焼きにするための槍があるから、それを持ってきてくりゃれ。それと木桶に、薪と炭をありったけじゃ！」

ホロは言うだけ言って、頭の上の鉄鍋がずり落ちないように注意しながら、大きな鍋を運ぶ男たちの後についていった。

彼らが出てきた倉庫の入り口脇には、飲みかけの麦酒が入ったジョッキが置かれていたので、休憩していたところに男たちがやってきて、再び作業に戻ったというところだろうか。

妙に気合が入っていたのは、なにか美味そうな御馳走が出るかもと期待しているからだろう。てっきり窓辺か倉庫の片隅で座り込んでぼんやりしていると思ったので、そうでなかったことに安心し、ロレンスは言われたとおりの物を限界まで抱え込み、階下に下りていったのだった。

村人たちの作業に合わせ、今年の麦の良いところを仕入れようと商人たちが立ち寄っていることもあり、彼らが差し入れた酒や肉のおかげで、昼休憩は完全に祭りの様相を呈していた。

中庭に作られた即席の竈では、豚が串刺しにされて丸焼きになっている。脂が炭に落ちるたびに舞い上がるもうもうとした濃い匂いの煙にあおられながら、大人の腕ほどもある大きなナイフで肉を削ぎ、雑にパンに挟んで振る舞われる。ほっぺたに灰をくっつけたホロは、炭の苦みがほどよく残る肉の上に、たっぷりのからし種を載せてかぶりついていた。

服の下で尻尾がぱんぱんに膨らんでいたが、こんな騒ぎの中では誰も気がつくまい。

ロレンスはホロの頬についた灰を指で拭い、自分もまたパンにかぶりついていた。

それからずいぶん身を削がれ、すっかり細身になった豚がまだ炭火の上でくるくると回る頃。

ロレンスは馬を引き取り、名残惜しそうなホロを促して、城砦を後にした。

城砦の外では、食後の休憩とばかりに草むらに寝転ぶ者たちや、麦の落ち穂を狙って畑にくる小鳥を追い払って大笑いしている子供たちの姿があった。

御者台ではなく荷台のほうで横になっていたホロは、まだ高い日差しを体いっぱいに受けながら、そんな喧騒に耳を揺らし、満足げに自分の腹を叩いていた。

「まだ寝るなよ」

荷馬車を進めながらロレンスが言うと、たわけ、と小さく返ってきたが、すでにむにゃむにゃした感じだった。

「……ふぁぁ……あふ。これから、どこに行くんじゃ？」

ホロは言いながら、体を横にしている。紛うことなき、眠る体制だ。

ロレンスは肩をすくめつつ、答える。

「町の近くの川に戻って、船で川下りだ」

「ふうむ……」

「船に乗ったら寝てていい。それまでは起きててくれよ。寝ぼけて船に乗る時に川に落ちられたら困るからな」

たわけ、という言葉が聞こえないので振り向けば、ホロは丸まって寝息を立てていた。

「まったく」

ロレンスは小さく笑ってから、手綱を握り直して荷馬車を進めていく。

今のところは計画どおり。

そんな思いを笑顔の下に隠しながら、元きた道をたどって川港に着けば、ホロは案外機嫌良く目覚めたのだった。

「ほう、あの馬乗りは見事なものじゃのう」

船に乗り込んでから感心の声を上げたのは、船の客の馬たちを川下に届ける馬乗りの手際が見事だったからだ。十頭ほどもまとめ上げ、一足先に駆けていった。

「荷車は、帰りにまた取りに戻るのかや？」

ホロは自分たちの乗る船の後ろに綱で繋がっている船を見やり、ロレンスに尋ねた。そこには荷馬車の荷車部分は乗っておらず、下ろした荷物が積み込まれている。

「いや、川を下った先の港町で、あの荷台と同じようなのを受け取ることになってる。一緒に運ぶとなるとまあまあ金がかかるからな」

「ふむ。いつものぬしらの知恵かや。便利じゃのう」

多分、現金を運ばずともよい為替証書やらのことを念頭に置いているのだろうが、似たようなものだ。

「あ、お前に伝えておくことがあった。船がひっくり返った時のことだけどな」

「む？」

「硫黄の粉やらは構わないが、この袋だけは手離さないでくれよ」

荷台から船に移し替えた荷物の一部は、ロレンスたちの足元に置いてある。

ずしりと重たい袋の中には、サロニアで手に入れた小銭がぎっしり詰まっている。

「たわけ。そんなものと一緒に水底に沈みたくありんせん。船がひっくり返るなら、守るべきはこっちじゃ」

ホロは言って、ぽんと小ぶりの樽を叩く。

サロニアの町で格安で仕入れた麦の蒸留酒で、燃える水と呼ばれるようなものだ。

「中を飲みながらこれに掴まっておれば、溺れることもなく港まで行けるじゃろ？」

「……酔って眠らなければな」

「酔い覚ましの水には事欠かぬ」

ロレンスは呆れつつも、ご機嫌な様子で川を流されていくホロも見てみたいなと思ってしまった。

「さあ、出発だ」

「んむ」

最後の積み荷を確認し、船頭が綱を解いて棹を水底に差すと、船がゆっくり岸を離れていく。海を目指す船は前後に六艘も繋がっていて、人や積み荷が満載だ。ロレンスとホロが先頭の船に二人だけでゆったり乗れたのは、サロニアの町で活躍した有名人ということで、特別扱いされたから。

ホロと出会う前の、行商人時代の旅との落差を思い返し、ロレンスは思わず笑ってしまう。

「なんじゃ？」

厚手の毛織物を敷いて、ロレンスの膝の間に収まっていつでも眠れる体勢のホロが、背中でロレンスの笑いに気がついて尋ねてくる。

「優雅な旅だと思ってね」

ホロは赤味がかった琥珀色の瞳をくりくりとさせ、楽しげに細めた。

「わっちにはこういう旅こそ相応しい」

「そうでしょうとも」

ホロの頭にポンと手をやれば、狼の誇りはどこへやら、もっと撫でろとばかりに頭を押しつけてきた。

天気が良く、上流でしばらく雨も降っていないということで、川は実に静かに船を載せてゆっくりと流れていた。午後の日差しは暖かく、船頭の唄がほどよく響き、川沿いの畑で作業をする者たちの喧騒が遠くから耳をくすぐるように聞こえてくる。

ぼんぼん火を焚くような賑やかさではなく、よく実った葡萄の房から一粒ずつつまんで食べるような、旅の楽しさだ。

ホロは再び寝息を立て、時折のんきに口をもぐもぐさせている。

万事順調、と言いたいところだったが、しばらく川を下ったところで、ロレンスは船の進みがずいぶんゆっくりなことに気がついた。こんな調子で果たして夕暮れまでに海に出られるのだろうかと気になり、船頭に確かめると、日暮れまでに港町にたどり着くには早朝の船に乗らねばならず、昼過ぎの船でも間に合うのは、どうやら雪解けの季節や上流で雨が降った後だけらしいと知った。

船頭からは、海に出る手前にある、大きめの関所で宿を取ることを提案された。

ホロは目が覚めたらそこは海、と思っているはずなので、ロレンスの見立ての甘さに一噛みしてくるかもしれない。けれど川の流れは変えられないし、船が繋留する予定の関所もまあまあ賑やかな川港だと言われたので、川べりの宿で過ごす夜も悪くなかろうかと思い直した。

温かな日差しに燻されて、ちょっと炭臭いホロを両腕の下に収めながら、ロレンスも目を閉じると、あっという間に夕暮れなのだった。

目が覚めてもまだ川の上だったので、案の定ホロはロレンスの詰めの甘さに嫌味を言いつつ、川港の独特な様子には機嫌良くしていた。

ロレンスは小銭の詰まった袋など、貴重品だけを船から持ち出し、サロニアの商会の支店を訪ねて保管してもらうのとあわせ、ついでに部屋も確保した。

ロレンスたちの噂はもちろん伝わっていたので、その辺りに苦労はなかった。

海までにはまだ若干距離があるらしかったが、のっぺりとした土地ゆえに、海があるはずの西のほうを向けば、そこには不安になるほど広大な空が広がっていた。透きとおった藍色の夜空と、燃えるような夕焼けの混じり合う圧倒的な光景だ。川べりの居酒屋の席で、ホロは運ばれてきた麦酒に手をつけることも忘れ、その光景に見入っていた。

ニョッヒラでも山頂に出れば似たような景色は見られるが、その向こうにはなにもないという海にほど近い場所では、明らかに空の広さが違う。

かつてのロレンスとの旅で、ホロはもちろん海を見たことがあるのだが、やはり風景というのはその時その場所で様々な顔を見せてくれる。きっとこれで川を下って港に出てしまえば、また海に沈む夕日の景色は、これとは違ったものになるのだから。

「冷めるぞ」

鱒の串焼きにかぶりつきながら、ロレンスはそう言ったのだが、ホロはロレンスのほうを見ず、曖昧にうなずくことすらせず、なおもずっと夕焼けを見つめていた。その無表情は、ロレンスにも滅多に見せないものだった。

心の芯に至る、最後の薄い膜まですべて剝がしてしまったような、無防備なその横顔。

悲しいのとは違う、けれども前向きとは言い難いその不思議な表情は、ロレンスにはきっと永遠に理解できない感情だとわかっている。そこには、何百年と生きる者だけが見せる、何百年と変わらないものを前にした時の感情があった。

そしておそらく、それはホロにとって楽しい感情ではないというのもまた、ロレンスにはわかっていた。

こんな時、ロレンスにできるのはただ側にいることと、それから、自分が苦心して練ったホロを楽しませ続ける計画などというのは、自然の圧倒的な迫力の前では無力なのだと思い知ることだけだった。

無表情のままのホロの目尻から、ふとこぼれた涙のつくったテーブルの染みを見つめながら、ロレンスは塩の利いた鱒の白身を飲み込んだ。

まだしも味を感じられたのは、ロレンスが大人になって世の摂理に理解を示せるようになったから、というわけではない。人生も半ばを過ぎ、世のどうにもならないことに対し踏ん張るのではなく、流されるほかないのだと諦めに似たものを受け入れつつあるからだ。

「魚が冷めるぞ」

ロレンスがもう一度同じことを言ったのは、決して気遣いではない。

どうにもならないことに流されるのを受け入れる腹いせに、またいで歩いてやろうという開き直りだ。

鏡のような湖面に立ち尽くしていたホロは、無遠慮に足を踏み入れた者の立てたさざ波のおかげで、ようやく岸辺の方向を見つけたようだった。

まだ岸から距離はあったが、ロレンスのほうを見ると、安心したように笑った。

「確かに、良い香りじゃ。冷めてはもったいないのう」

夢の中で香りを嗅ごうとするかのような、そんな不安がホロの表情に垣間見えた。けれども躊躇いがちにでも魚に噛みつけば、ホロはようやくこれが夢ではないと確信できたようだった。

「もう少しで音楽も聴けるらしい」

ロレンスが顎をしゃくれば、川側に開け放たれた店の軒先で、一稼ぎしようと旅の楽師たちが楽器の準備をしていた。ロレンスたちの席から見える関所にも、次から次に船がやってきて、一日の終わりを酒で締めくくろうと浮足立っている者たちが、続々と陸に上がってくる様子がよく見えた。

市壁に囲まれた町とは違い、川沿いの港は規則が緩い。夕暮れの時間にまだ席がまばらなことを見ると、毎日夜中まで騒ぐのが日常なのだろうと予想がつく。

「楽しい時間はこれからだ」

ロレンスがそう言うと、鱒の串焼きをはらわたごと頭から一気に半分も食べていたホロが、ぼりぼりと骨を噛み砕く音をさせながら、ロレンスを見た。

そして飲み下すと、さらにもう一口で一尾を平らげて、ぺろりと唇を舐めた。

「げっぷが出そうじゃ」

ホロのそんな言葉にロレンスが嫌そうな顔を向けると、ホロは皮肉っぽい歪な笑みを口元に浮かべながら、串焼きの串の先端をロレンスに向けた。

「魚ではありんせん。ぬしの話じゃ」

ロレンスが聞き返す間もなく、麦酒をぐびぐびと豪快に飲んだホロは、満足げに唸りながら木のジョッキをテーブルに置いて、すぐにお代わりを頼んでいた。

「ぬしの話に決まっておるじゃろうが」

ホロは重ねてそんなことを言って、ついに行儀悪く、ひとつ大きなげっぷをした。

それから実に満足した様子で、喉に引っかかっていた小骨が取れたような顔をして、ロレンスを見つめていた。

「ぬしがせっせと焼いた世話を食べるだけで、一日が終わってしまいんす」

ホロは新しい鱒の串焼きに手を伸ばし、口づけするかのように鱒に口を近づけると、ぐわしと噛みついていた。

「これからまた、寂しい二人旅じゃからな」

口いっぱいに身がぱらぱらの鱒を頬張っているのに、案外ホロはこぼさない。

ごくんと飲み込めば、運ばれてきた麦酒にさっそく口をつけていた。

「適当に一筆書けば良いはずの麦畑にわざわざ行って、賑やかな収穫の手伝いに参加して、海に向かうために川下りじゃ。ニョッヒラから出てくる時には、ケチって陸路にしておったのに。いや、あれはそのせいで腰を痛め、懲りたのかもしれぬが」

心底楽しそうにホロは笑い、はあと息を吐いた。

それからいよいよ夜に飲み込まれるという、最後の夕焼けの名残に目をやった時には、もうそこにはあの無表情はなかった。

「わっちが落ち込まぬように、常に旅を楽しく過ごせるようにと、ぬしが心配して、世話を焼いてくれておるのはわかっていんす」

ホロは目を細め、記憶を慈しむように少し小首を傾げながら目を閉じ、また開く。

「わっちゃあそれが楽しくてたまらぬ。たまに気の利かぬことをされて、いらいらすることも含めてのう」

ロレンスが両手を上げて降伏の意を示すと、ホロは慈悲深い王のようにうなずいた。

「ぬしとの旅は、おかげで毎日楽しい。じゃが、それはのう、不思議なことなんじゃが、つまらぬ時でも楽しいんじゃ」

「ん……ん？」

聞き返すと、ホロは通りかかった給仕の娘に、今度は肉を頼んでいた。

「ぬしと出会ったばかりに旅をしておった時はもちろん、湯屋におった時にも気がつかなかったんじゃがな」

ホロは手にしたままだった串焼きの串を口に含み、がじがじと噛む。

「旅の間に感じる寂しさとか、悲しさとか、どうにもならぬ苦しい感情もまた、今は楽しいんじゃ」

「えっと、それ……は……」

ロレンスの戸惑いがちの言葉に、ホロは照れくさそうに笑っていた。

「不思議じゃろう？　悲しいことは確かに悲しく、辛いことは辛いんじゃがな、その上り坂と下り坂、それに穴の底で膝を抱えるようなことまで、全部が楽しいんじゃ」

ロレンスを安心させるための方便、という感じでもなく、ロレンスは目をぱちぱちとさせるばかりだ。豚の腸詰が運ばれてきて、珍しくホロが切り分けてくれたので、のろのろと口に運ぶ。

ぱきっとはじけた脂が口に甘く、麦酒を飲みたい誘惑に強く駆られた。

「わっちゃあ、ぬしと出会って初めて、生きているということのすべてを、楽しんでおるのかもしれぬ」

ホロはそう言って、一人娘のミューリも負けそうなくらい無邪気に、腸詰にかぶりついていた。

「苦い麦酒が美味いみたいなものかもしれぬ。じゃから……そうじゃな。ぬしに世話焼きをやめろ、とは言わぬ。そもそもぬしは、わっちの世話を焼き続けると約束して、このわっちを嫁にもらったのじゃから」

臆面もなく言ってのけるが、これくらいはっきり言われれば、契約を守ることに喜びを感じてしまう商人上がりのロレンスにはむしろ喜ばしい。

「そこで、わっちゃあぬしに注文じゃ。楽しいばかりの毎日も文字どおり楽しいが、わっちゃあぬしの側で、思う存分寂しさも感じたい。あの口うるさい小娘と、ふわふわ鬱陶しい栗鼠との賑やかな日々が唐突に終わって、なにか気持ちを持て余すような感覚も楽しみたいんじゃ。やり場のない悲しみを噛みしめて、めそめそすることも楽しみたいんじゃ」

なにかそれは不健全な、ともロレンスは感じたのだが、そうではないのだと気がついたのは、楽器の調律を終えた吟遊詩人が視界に入ったからだった。彼らはそれぞれの縄張りなのだろう店の軒先に向かい、居合わせましたる皆々様、と口上を述べ立てて唄の注文を取り始めている。

ロレンスは旅の途中に、聞いたことがあるのだ。

本当に金が取れる唄とは、その場の全員を沸かせるものではなく、実は悲しいものなのだと。

「ぬしの側でなら、安心して泣けるからのう」

生きているということは、決して楽しいことばかりではない。けれどもそれは聖職者の語るような、不完全な人間が常に苛まれなければならない苦しみという意味ではない。

楽しいことの反対に楽しくないことがあるというのは、同じ世の中を倍楽しめるということなのだから。

「これ、一曲頼めるかや」

ホロは吟遊詩人に声をかけ、ロレンスに顎をしゃくってみせる。すっかりホロに手なずけられているロレンスは、慌てて取り出した小銭を吟遊詩人に握らせる。

「いかような曲をお望みでしょう？」

ニョッヒラにいるのとは違う、もっと埃っぽい、ともすれば町でけちな盗みでもしていそうな、一癖ある様子の詩人だ。

そんな詩人に、ホロはこう言った。

「とびっきり賑やかなやつじゃ。耳をつんざくような、のう」

詩人はやや目を見開いてから、不敵に笑う。

その勝負、乗った、と言わんばかりに。

折良く店にはどやどやと船乗りたちが大勢やってきた。

火をつけるには、絶好の頃合いだ。

「ではお聞かせいたしましょう。神でさえ飛び起きるような一曲を！」

掻き鳴らされた楽器の音に、客たちが首を伸ばす。

そして足まで踏み鳴らす詩人にあわせ、さっそく乗りの良い者たちが調子を合わせ始めた。

給仕の娘は川沿いの縁台が壊れないかと目を白黒させていたし、川に打ち込まれた杭はぎしぎしと揺れて川面を乱し始めた。

馬鹿みたいな大騒ぎが始まろうかというその瞬間、ロレンスとホロはむしろ静かな様子で向かい合っていた。

「寝る頃には、耳鳴りがしていそうだな」

ロレンスの疲れたような言葉に、ホロは悪びれもせずにこう言った。

「なあに、楽しめぬのは二日酔いだけじゃ」

飲みすぎなければ良いだけでは？　と呆れ気味の視線を向けると、ホロは無垢な少女のように微笑みながら小首を傾げ、やおら立ち上がって麦酒のお代わりを頼んでいた。

ホロとロレンスの旅はまだ続く。

夜が更け、どれだけ冷たい風が吹いたとしても一人ではない。

そして次の日もまた、太陽は東から昇るのだから。

あとがき

お久しぶりです。支倉凍砂です。なんと前の巻から一年と九か月ぶりくらいだそうで、大変お待たせしました。『狼と羊皮紙』を書いていたり、『狼と香辛料VR』関連の仕事がちょくちょくあったりして、『狼と香辛料』の存在が生活から消えたことはなかったのですが、原稿そのものを書いていなかったようです。もう少し手を動かさないと……。

とはいえ、今回もいつか使いたいなと思っていたネタをうまく使えて書けたり、エルサやターニャがすごくよく動いてくれたので、書き手として、内容的には大変満足しております。（読者の皆さんにも楽しんでもらえることを祈っております）また、短編ということもあるかと思うのですが、本編シリーズの頃よりも身近なファンタジー世界を書けている気がしているのも、書いていて楽しいところです。

以下、ネタバレ的な各お話の元ネタ紹介。

『狼と宝石の海』は、マグリブ地方の珊瑚漁の話をいつか書きたいなあと思っていて、できたものです。実際に金属製のかぎづめみたいなのをどぼんと放り込んで、巻き上げるみたいです。現代の感覚からすると、海底が滅茶苦茶にならないのかと慄きますが。

『狼と実りの夏』に出てくる茸は、「死者の指」と呼ばれるマメザヤタケのことです。検索して見てもらえたら、ミューリのびびりようがわかっていただけるかと思います！『狼とかつての猟犬のため息』の大蛇が這いずった跡は、いわゆる「クロップマーク」のことです。検索すると航空写真がいっぱい出てくると思いますが、はっきり見れて面白いです。

こういうネタは中世ヨーロッパ関連の資料とか読んでても見つからないので、偶然の出会いを待つほかないのが難点ですが、多分まだまだファンタジーに応用可能なネタがあるはずなので、Spring Log 編ももうしばらくは続きそうな気がします。（今回の最終話はいつになく最終巻っぽかったので念のため！）

気長にお待ちいただけたら幸いです。

少しスペースが余った……。超直近の話なんですけど、山崎製パンのアメリカンファッションドーナツが無性に食べたくて、近所中の店を探したのですが売ってないのです。デイリーヤマザキなら……！　と思って電車に乗ってまで近隣店舗に行ったのですがなく！　夏場は売ってなかったりするんでしょうか。あのしっとりした感じと、暴力的な砂糖と油が唯一無二の存在なのです。嗚呼、アメリカンファッションドーナツ……。次巻のあとがきで体重の話題が出たら、無事にこのドーナツを手に入れられたのだなと思ってください。それではまた。

支倉凍砂

◉支倉凍砂著作リスト

「狼と香辛料Ⅰ～ⅩⅩⅢ」（電撃文庫）
「新説 狼と香辛料 狼と羊皮紙Ⅰ～Ⅵ」（同）
「マグダラで眠れⅠ～Ⅷ」（同）
「少女は書架の海で眠る」（同）
「WORLD END ECONOMiCA（ワールドエンドエコノミカ）Ⅰ～Ⅲ」（同）
「DVD付き限定版 狼と香辛料 狼と金の麦穂」（電撃文庫ビジュアルノベル）

本書に対するご意見、ご感想をお寄せください。

ファンレターあて先
〒102-8177　東京都千代田区富士見2-13-3
電撃文庫編集部
「支倉凍砂先生」係
「文倉 十先生」係

初出

「狼と実りの夏」／「電撃文庫MAGAZINE Vol.70」2020年2月号（2020年1月）
「狼と宝石の海」／「電撃文庫MAGAZINE Vol.71」2020年5月号（2020年4月）
「狼とかつての猟犬のため息」／狼と香辛料&支倉凍砂 公式サイト

文庫収録にあたり、加筆、訂正しています。

「狼と夜明けの色」は書き下ろしです。

電撃文庫

狼と香辛料XXIII
Spring Log VI

支倉凍砂

2021年９月10日　初版発行

発行者　青柳昌行
発行　株式会社KADOKAWA
〒102-8177　東京都千代田区富士見2-13-3
0570-002-301（ナビダイヤル）
装丁者　荻窪裕司（META＋MANIERA）
印刷　株式会社暁印刷
製本　株式会社暁印刷

●お問い合わせ
https://www.kadokawa.co.jp/（「お問い合わせ」へお進みください）
※内容によっては、お答えできない場合があります。
※サポートは日本国内のみとさせていただきます。
※ Japanese text only

※定価はカバーに表示してあります。

ISBN978-4-04-913942-6　C0193　Printed in Japan

電撃文庫　https://dengekibunko.jp/

電撃文庫創刊に際して

文庫は、我が国にとどまらず、世界の書籍の流れのなかで〝小さな巨人〟としての地位を築いてきた。古今東西の名著を、廉価で手に入りやすい形で提供してきたからこそ、人は文庫を自分の師として、また青春の想い出として、語りついできたのである。

その源を、文化的にはドイツのレクラム文庫に求めるにせよ、規模の上でイギリスのペンギンブックスに求めるにせよ、いま文庫は知識人の層の多様化に従って、ますますその意義を大きくしていると言ってよい。

文庫出版の意味するものは、激動の現代のみならず将来にわたって、大きくなることはあっても、小さくなることはないだろう。

「電撃文庫」は、そのように多様化した対象に応え、歴史に耐えうる作品を収録するのはもちろん、新しい世紀を迎えるにあたって、既成の枠をこえる新鮮で強烈なアイ・オープナーたりたい。

その特異さ故に、この存在は、かつて文庫がはじめて出版世界に登場したときと、同じ戸惑いを読書人に与えるかもしれない。

しかし、〈Changing Times,Changing Publishing〉時代は変わって、出版も変わる。時を重ねるなかで、精神の糧として、心の一隅を占めるものとして、次なる文化の担い手の若者たちに確かな評価を得られると信じて、ここに「電撃文庫」を出版する。

1993年6月10日
角川歴彦

電撃文庫DIGEST　9月の新刊

発売日2021年9月10日

七つの魔剣が支配するⅧ

【著】宇野朴人　【イラスト】ミユキルリア

盛り上がりを見せる決闘リーグのその裏で、ゴッドフレイの骨を奪還するため、地下迷宮の放棄区画を進むナナオたち。死者の王国と化す工房で、リヴァーモアの目的と『棺』の真実にたどり着いたオリバーが取る道は——。

俺の妹がこんなに可愛いわけがない⑰　加奈子if

【著】伏見つかさ　【イラスト】かんざきひろ

高校3年の夏、俺は加奈子に弱みを握られ脅されていた。さんざん振り回されて喧嘩をして、俺たちの関係は急速に変化していく。加奈子ifルート、発売！

安達としまむら10

【著】入間人間　【イラスト】raemz
【キャラクターデザイン】のん

「よ、よろしくお願いします」「こっちもいっぱいお願いしちゃうので、覚悟しといてね」実家を出て、マンションの一室に一緒に移り住んだ私たち。私もしまむらも、大人になっていた——。

狼と香辛料XXⅢ
Spring LogⅥ

【著】支倉凍砂　【イラスト】文倉 十

サロニア村を救ったホロとロレンスに舞い込んできたのは、誰もがうらやむ貴族特権の申し出だった。夢見がちなロレンスを尻目に、なにかきな臭さを覚えるホロ……。そして、事態は思わぬ方向に転がり始めて!?

ヘヴィーオブジェクト
人が人を滅ぼす日(上)

【著】鎌池和馬　【イラスト】凪良

世界崩壊の噂がささやかれていた。オブジェクト運用は世界に致命的なダメージを与え、いずれクリーンな戦争が覆されると。クウェンサーが巻き込まれた任務は、やがて四大勢力の総意による陰謀へと繋がっていき……。

楽園ノイズ3

【著】杉井 光　【イラスト】春夏冬ゆう

「男装なんですね。本気じゃないってことですか」学園祭のライブも無事成功し、クリスマスフェスへの出演も決定したPNO。ところがフェスの運営会社社長に、PNOの新メンバーを見つけてきたと言われ——。

インフルエンス・インシデント
Case:02 元子役配信者・春日夜鶴の場合

【著】駿馬 京　【イラスト】竹花ノート

男の娘配信者「神村まゆ」誘拐事件が一段落つき、インフルエンサーたちが集合した配信番組に出演した中村真雪。その現場で会った元子役インフルエンサーの春日夜鶴から白鷺教授へ事件の解決を依頼されるが——？

忘却の楽園Ⅱ
アルセノン叛逆

【著】土屋 瀧　【イラスト】きのこ姫

あれから世界は劇的に変化しなかった。フローライトとの甘き記憶に浸りながら一縷の望みを抱くアルム。そんな彼に告げられたのは、父・コランの死——。

僕の愛したジークフリーデ
第2部　失われし王女の物語

【著】松山 剛　【イラスト】ファルまろ

暴虐の女王ロザリンデへ刃向かい、粛正によって両腕を切り落とされたジークフリーデ。憎悪満ちる二人の間に隠された過去とは。そしてオットーが抱える想いは。剣と魔術の時代に生きる少女たちの愛憎譚、完結編。

新作　わたし、二番目の彼女でいいから。

【著】西 条陽　【イラスト】Re岳

俺と早坂さんは、互いに一番好きな人がいながら「二番目」に好きなもの同士付き合っている。本命との恋が実れば身を引くはずの恋。でも、危険で不純で不健全な恋は、次第に取り返しがつかないほどこじれていく——。

新作　プリンセス・ギャンビット
～スパイと奴隷王女の王国転覆遊戯～

【著】久我悠真　【イラスト】スコッティ

学園に集められた王候補者たちが騙しあう、王位選挙。奴隷の身でありながらこの狂ったゲームに巻き込まれた少女と彼女を利用しようとするスパイの少年による、運命をかけたロイヤルゲームが始まる。

眠らない錬金術師と
白い修道女が紡ぐ
その「先」を目指すファンタジー
支倉凍砂
イラスト◆鍋島テツヒロ
マグダラで眠れ
MAY YOUR SOUL REST IN MAGDALA.
人々が新たなる技術を求め、異教徒の住む地へ領土を広げようとしていた時代。教会に背いたとして錬金術師のクースラは、戦争の前線にある工房に送られる。その工房では白い修道女フェネシスが待ち受けていて――。
電撃文庫